D1150237

Quelques heures pour s'aimer

TARA PAMMI

Quelques heures
pour s'aimer

HARLEQUIN

Collection : Azur

Cet ouvrage a été publié en langue anglaise
sous le titre :
A HINT OF SCANDAL

Traduction française de
FLORENCE JAMIN

HARLEQUIN®
est une marque déposée par le Groupe Harlequin

Azur® est une marque déposée par Harlequin

HARLEQUIN
83-85, boulevard Vincent-Auriol, 75646 PARIS CEDEX 13
Service Lectrices — Tél. : 01 45 82 47 47

www.harlequin.fr

ISBN 978-2-2803-2817-3 — ISSN 0993-4448

1.

— Kimberly Stanton, acceptez-vous de prendre pour époux Alexander King, et de le chérir jusqu'à ce que la mort vous sépare ?

Non ! pensa Olivia Stanton, la gorge nouée.

Mais par bonheur, ce mot qu'elle avait tant envie de prononcer ne passa pas ses lèvres.

Ses doigts se crispèrent autour de son bouquet de mariée, roses et orchidées blanches artistiquement retenues par un ruban de satin, et elle baissa les yeux, incapable d'affronter le regard interrogateur du prêtre qui attendait sa réponse, visiblement étonné de son silence prolongé.

Le parfum capiteux des fleurs monta vers elle, lui faisant tourner la tête et accentuant encore son malaise.

Elle devina que, derrière elle, la foule des invités triés sur le volet devait commencer à s'impatienter, elle aussi.

Affolée, elle se tourna vers Alexander King qui, debout à ses côtés, la dominait d'une tête, et dont le regard bleu outremer la transperça. Il semblait aussi maître de lui qu'elle était désemparée…

Soudain, Olivia éprouva le besoin d'interpeller mentalement sa sœur jumelle. Dans quel guêpier s'était-elle fourrée à cause d'elle ?

Non, Kim ! Je ne peux pas faire ça, même pour toi ! Je sais, on s'est bien amusées, toi et moi, à se faire passer l'une pour l'autre quand nous étions petites, puis plus tard pour se tirer de certains mauvais pas! Pour être honnête, c'est surtout toi qui venais à ma rescousse, pour me protéger du courroux de notre intraitable père, ou du directeur du lycée quand j'avais été trop insolente.

Mais là, c'est trop, tout simplement! Trop grave, trop lourd de conséquences!

Et pourtant...

Kim, sa jumelle, l'avait tirée de maintes situations délicates, et il aurait été difficile de ne pas lui rendre ce service en retour. Malgré leurs caractères opposés, contrairement à leur physique — vraies jumelles, elles se ressemblaient comme deux gouttes d'eau — elles avaient toujours été solidaires.

Mais cette fois, c'était vraiment sérieux, et tout à coup elle ne se sentait pas la force d'aller au bout de cette mascarade.

Se faire passer pour Kim le jour de son mariage, abuser Alexander, mentir au prêtre qui la prenait pour une autre? C'était presque un sacrilège! Tout cela ne pouvait que mal finir...

« Je ne peux pas l'épouser aujourd'hui, je dois partir, je t'expliquerai », lui avait confié Kim d'une voix tremblante quelques heures auparavant.

Ces mots à peine croyables résonnaient encore aux oreilles d'Olivia, et sa stupéfaction était toujours aussi vive.

Que se passait-il pour que Kim, si raisonnable, si responsable, si autonome, soit obligée de fuir le jour même de son mariage avec l'homme qu'elle aimait, Alexander King, le célibataire le plus convoité de New York? Connaissant sa sœur, il ne pouvait s'agir d'un caprice. Devant son évident désarroi, Liv n'avait pas eu le cœur de refuser, même si elle savait qu'elle faisait une folie.

« Ne dis rien à Alex, je ne veux pas le décevoir. Il déteste tout ce qui de près ou de loin peut ressembler à un scandale, tu le sais bien... »

Liv était restée sans voix. Quelle relation avait Kim avec celui qui allait devenir son mari, si elle était capable d'une telle supercherie ?

Une main délicate mais ferme se posa sur son bras, la ramenant brutalement à la réalité.

Elle tourna la tête et croisa le regard d'Alex, mélange d'étonnement et d'impatience, mais aussi de tendresse. Il devait être réellement attaché à sa sœur, pensa Liv, car jamais auparavant elle n'avait surpris cette étincelle de douceur dans ses yeux d'un bleu profond.

Il est vrai qu'elle avait jusque-là peu fréquenté le richissime et séduisant fiancé de Kim, et que les rares fois où ils s'étaient rencontrés, elle avait deviné à son ton condescendant le peu de sympathie qu'il avait pour elle et son tempérament rebelle.

« Liv, je t'en prie, fais ça pour moi, je ne veux pas le perdre… »

C'est le souvenir de ces quelques mots, prononcés d'une voix étranglée par sa sœur, avant son départ précipité, qui força Liv à réagir. Elle avait promis : elle devait aller jusqu'au bout de cette pénible épreuve.

— Oui, déclara-t-elle, en rassemblant tout son courage pour affronter le regard interrogateur du prêtre.

Le curé, qui commençait à craindre un esclandre, retint un soupir de soulagement.

— Alors je vous déclare unis par les liens du mariage ! lança-t-il d'une voix forte. Alexander, vous pouvez embrasser la mariée.

Olivia se figea, sur la défensive. Elle n'avait pas prévu qu'elle devrait aussi se plier à ce genre d'exercice !

Son cœur se mit à battre la chamade, et quand les mains d'Alexander se posèrent sur sa taille, elle ne put retenir un frémissement. Puis il se pencha vers elle et, lentement, l'attira à lui et approcha ses lèvres des siennes. Liv eut la sensation affolante que le sol se dérobait sous ses pieds.

Une fragrance enivrante, mélange de peau mâle et d'eau de toilette discrète, l'enveloppa comme un élixir précieux, et elle ferma les yeux, étourdie.

Il allait vraiment l'embrasser ! Liv réalisa avec horreur qu'elle n'avait jamais autant eu envie d'être embrassée qu'à cet instant, par cet homme qui, justement, était le seul auquel elle n'avait pas le droit de s'intéresser.

Il fallait qu'elle se dérobe, mais en aurait-elle le courage, alors qu'elle était comme hypnotisée par l'aura de virilité et de sensualité qui se dégageait de toute sa personne ?

Au moment où les lèvres allaient toucher les siennes, elle trouva la force de détourner la tête, et c'est sa joue qu'il embrassa.

Mais ce seul contact la bouleversa, et un frisson la parcourut de la tête aux pieds... Frisson qu'Alexander, qui avait toujours les mains autour de sa taille, sembla remarquer. Il s'écarta légèrement et lui jeta un regard inquisiteur, comme s'il cherchait à comprendre sa réaction.

Puis, l'espace d'un instant, il resserra son étreinte avant de la lâcher enfin, la laissant pantelant d'émotion autant que d'appréhension.

Alexander King n'était pas né de la dernière pluie. Combien de temps mettrait-il à découvrir la supercherie ?

Alexander observa le visage de son épouse avec perplexité. Que lui arrivait-il ? Il ne l'avait jamais vue ainsi : sur les nerfs, le regard fuyant, en proie à une inhabituelle fébrilité. Certes, il était normal qu'une jeune mariée soit tendue le jour de ses noces, mais quelque chose clochait, et il aurait tout donné pour savoir de quoi il s'agissait.

Déjà, quand elle s'était assise à côté de lui sur la banquette de velours rouge, face au prêtre, il avait tiqué. Kim, d'ordinaire si parfaite, si maîtresse d'elle-même en toute circonstance, semblait tout à coup tendue, sur la défensive, jouant nerveusement avec le pendentif en diamant qu'il lui avait offert, comme si elle ne pouvait pas tenir en place.

Elle était belle, comme il s'y attendait, mais sa beauté avait un piment auquel il n'était pas accoutumé. Dans sa somptueuse robe de mariée en satin rebrodée de dentelle, elle irradiait d'une sensualité délicieusement érotique qui l'étonnait et le fascinait tout à la fois. Et jamais auparavant elle n'avait porté ce rouge à lèvres carmin qui mettait en valeur sa bouche pulpeuse.

Il l'avait toujours trouvée attirante, mais cette fois elle attisait son désir comme jamais... Il posa les yeux sur sa poitrine dont on devinait la rondeur sous le corset de dentelle, et admira la ligne parfaite de ses épaules et de sa nuque. Dans quelques heures, il lui retirerait sa robe et elle serait toute à lui : il était bien décidé à profiter de sa nuit de noces...

Une fois la cérémonie terminée, il l'entraîna un peu à l'écart de la foule des invités et elle le suivit sans prononcer un mot. Impatient de la tenir enfin dans ses bras, il l'attira à lui.

Il sentit son corps souple contre le sien, respira son parfum sucré, nota un grain de beauté à l'arrière de sa nuque qu'il n'avait encore jamais remarqué. Il avait tant de choses à découvrir d'elle... à présent il avait toute la vie pour cela.

Au moment où il allait prendre ses lèvres, brûlant de désir comme jamais, elle lui glissa entre les mains.

— Quelque chose ne va pas, Kim ? demanda-t-il en fronçant les sourcils, perplexe.

Elle lui répondit par un sourire crispé qui le surprit.

— Non, non ! s'exclama-t-elle avec un petit rire nerveux. C'est juste que... avec la préparation du mariage, je crois que je suis un peu anxieuse. Mais ça va passer, rassure-toi...

Il l'observa, intrigué par le ton de sa voix.

Ses traits étaient tendus, on devinait des cernes sous

ses yeux. La fatigue, bien sûr ! Comment ne s'était-il pas rendu compte de son épuisement ? Il se sentit vaguement coupable. Sans jamais se départir de son sourire, elle avait tout organisé, tout préparé, discuté les devis et décidé des moindres détails de la fête avec l'efficacité et le professionnalisme qui la caractérisaient dans sa vie privée comme dans son travail, et ce depuis des semaines ! Elle avait tellement pris sur elle qu'il n'avait rien deviné de la pression qu'elle subissait.

Même Kim, la femme en tout point parfaite qui venait de devenir son épouse, avait droit à ses moments de faiblesse, reconnut-il, même si, jusque-là, il n'en avait pas remarqué un seul. Il l'avait en effet choisie pour son équilibre, sa patience, sa respectabilité, sa distinction. Elle serait un modèle d'excellence pour sa jeune sœur, Emily, dont il avait la charge.

Son rôle de belle-sœur serait d'autant plus important que selon certaines rumeurs, Isabella, celle qui leur tenait lieu de mère et qui ne s'était jamais intéressée à eux, leur préférant son couple et sa carrière, avait depuis peu des velléités de revoir sa fille.

Kim serait un appui de taille si la situation se compliquait. Elle ne pourrait qu'avoir une influence bénéfique sur Emily, qui vivait avec lui depuis longtemps et serait sans doute perturbée de voir réapparaître cette mère qui l'avait quasiment abandonnée.

Si ces rumeurs se confirmaient, Kim lui serait d'un grand secours.

— Tu as fait un travail formidable, Kim. Comme toujours, déclara-t-il d'une voix grave.

Il lui effleura l'intérieur du poignet d'un baiser furtif et la sentit frémir sous ses doigts. Elle était soudain étonnamment réactive, pensa-t-il. Encore une bonne surprise…

Puis il plongea son regard dans ses ravissants yeux noisette, mais elle détourna aussitôt la tête.

— Merci, balbutia-t-elle.

Elle semblait vraiment perturbée, se dit-il. Etait-ce une question de fatigue, de stress ? Ou y avait-il autre chose ? Que lui cachait-elle ? Etait-elle déçue par la cérémonie ? Perturbée par un détail qui lui aurait échappé ?

Il se concentra, préoccupé, et passa en revue les événements de la journée.

Dans un flash, il comprit. Depuis le début, il savait que quelque chose clochait, et il avait enfin identifié le problème. La cause du malaise de Kim était simple : Olivia, sa jumelle, n'était pas encore arrivée, et c'est probablement cet étonnant retard qui la perturbait. A son grand désespoir, Kim était très liée à Olivia, dont il avait beaucoup de mal à supporter le caractère fantasque et imprévisible.

— Où est Olivia ? lança-t-il.

La réponse de Kim tarda à venir.

— Elle a dû partir précipitamment, expliqua-t-elle enfin d'une voix mal assurée. Une urgence…

Alexander serra les lèvres, exaspéré. Cette Olivia, qui ne faisait rien comme tout le monde, n'était même pas capable d'assister au mariage de sa sœur ! Décidément, on ne pouvait pas compter sur elle…

— Bon, de quoi s'agit-il, cette fois ? murmura-t-il sans dissimuler son agacement. Elle a encore fait une bêtise que tu vas devoir rattraper ?

— Non, pas du tout, précisa-t-elle d'une voix tendue.

Alexander tenta de garder son calme, mais il bouillait intérieurement.

En effet, Olivia était la seule pierre d'achoppement entre Kim et lui. Il ne supportait pas l'irresponsabilité et l'égoïsme de son ingérable belle-sœur, et Kim ne supportait pas qu'il la critique. Pourtant, les faits parlaient d'eux-mêmes : depuis l'adolescence, Olivia n'avait eu de cesse de se mettre dans des situations impossibles dont Kim devait la sauver…

— Ecoute, Kim, tu as déjà trop fait pour elle, en pure

perte, déclara-t-il en s'efforçant de rester calme. Ce n'est plus un bébé ! Ne crois-tu pas qu'il est temps que tu arrêtes de la prendre en charge ? Ou même de la voir pendant quelque temps, comme le fait votre père ?

Olivia serra les lèvres, sonnée. Quelle dureté, quelle arrogance ! Elle en était révoltée. Comment osait-il encourager Kim à la délaisser, alors qu'elle était celle qui comptait le plus dans sa vie ? Comment imaginait-il pouvoir séparer des jumelles ?

Et, accessoirement, comment Kim avait-elle pu tomber amoureuse d'un être aussi insensible, aussi dénué d'empathie ?

— Liv est ma sœur, rétorqua-t-elle d'une voix tendue, et il n'est pas question que je cesse de la voir ! Je ne suis pas comme toi, à rejeter ma famille parce que je ne la trouve pas assez bien pour moi !

Elle se tut et détourna la tête. Elle savait qu'elle était allée trop loin, mais ne pouvait pas lui laisser dire de telles horreurs. Et tant pis s'il perdait son sang-froid, s'il l'attaquait. Elle avait l'habitude, avec son père !

Combien de fois, en effet, n'avait-elle pas essuyé les colères incontrôlables de John Stanton, son terrible mépris, avant de se réfugier, tremblant de peur et de dépit, dans les bras de Kim ?

Elle attendit, l'estomac noué, se reprochant déjà de ne pas être restée dans son rôle, au risque de mettre la puce à l'oreille d'Alexander. Jamais Kim ne se serait emportée ainsi, elle qui savait toujours trouver le mot juste pour éviter les conflits.

Mais par bonheur, rien ne vint. A son grand étonnement, il ne sembla pas se formaliser de son coup d'éclat, bien au contraire.

C'est d'une voix calme qu'il reprit la parole.

— Désolé, dit-il, je t'ai un peu provoquée...

Imperturbable, il lui sourit, maître de lui comme toujours, à tel point qu'Olivia se demanda s'il lui arrivait jamais de se lâcher, d'exprimer ses sentiments, de montrer ses faiblesses, comme tout un chacun. Ce devait être insupportable de vivre aux côtés d'un homme que rien ne semblait jamais atteindre ! D'avance, elle plaignait sa sœur...

Elle aurait aimé pouvoir le pousser dans ses retranchements, mais étant donné la situation, il n'en était pas question. Elle devait rester dans le rôle qui lui était assigné, celui d'une jeune mariée un peu émotive qui avait momentanément perdu son sang-froid.

— Non, c'est moi, murmura-t-elle. Je me suis emportée, je le regrette...

— Une photo, s'il vous plaît ! leur lança le photographe chargé d'immortaliser la cérémonie sur papier glacé.

Ils se tournèrent vers le jeune homme et Alexander passa un bras autour de sa taille. Sur la peau mate de son poignet, sa montre à l'élégant boîtier en or attirait le regard, tout comme le bleu outremer de ses yeux derrière ses épais cils noirs.

Scandinave par son père, d'où ses incroyables yeux clairs, et italien par sa mère qui lui avait donné ses cheveux d'ébène et son charme méditerranéen, Alexander avait une beauté mâle qui ne laissait aucune femme indifférente.

Kim, comme les autres, était tombée en pâmoison devant lui à leur première rencontre. Olivia se souvenait encore du ton vibrant de sa sœur quand elle lui décrivait son fiancé...

— Parfait ! s'écria le photographe, interrompant ses pensées. Un baiser, peut-être ?

Alexander se pencha sur elle et elle résista à l'envie de se dérober une nouvelle fois. Si elle continuait ainsi, il finirait par découvrir le pot aux roses avant le retour de Kim.

D'ailleurs que faisait-elle ? se dit Olivia avec anxiété. Si elle n'arrivait pas bientôt, la situation risquait de devenir incontrôlable. A un moment ou à un autre, Alexander allait comprendre que quelque chose ne tournait pas rond. Et que se passerait-il alors ? Elle préférait ne pas y penser.

Elle fit donc mine de répondre à son baiser, et par bonheur il ne fit que lui effleurer les lèvres.

Le photographe s'éclipsa, satisfait, mais Alexander garda encore un instant sa femme contre lui.

— Détends-toi, Kim, lui murmura-t-il de sa voix grave. Et n'oublie pas que ceci est censé être le plus beau jour de ta vie…

La salle de bains de la suite qu'occupait Kim était d'un luxe inouï, mais Olivia n'y prêta pas attention.

Elle avait réussi à se soustraire aux mondanités en prétextant le besoin de se rafraîchir…

Si seulement ce moment de répit pouvait durer plus longtemps ! La réception allait commencer, et la seule idée d'avoir à affronter les relations d'Alexander et de sourire à tous ces gens qui la prenaient pour Kim l'horrifiait.

Elle était piégée, aussi sûrement qu'une souris au fond d'un trou…

Elle aurait tout donné pour rester cachée dans la salle de bains et prendre un long bain dans la baignoire à remous, dans l'espoir d'évacuer enfin son stress.

Hélas, elle devait aller se jeter dans la fosse aux lions et jouer tant bien que mal le rôle que lui avait assigné Kim, sous peine qu'Alexander découvre la vérité.

Une vague d'appréhension la saisit, mais elle parvint à la contrôler. De toute façon, avait-elle le choix ?

Elle fit couler un peu d'eau fraîche sur ses poignets et vérifia son maquillage dans la glace.

Pas question de s'autoriser le moindre laisser-aller :

Kim était toujours impeccablement apprêtée, et personne n'aurait compris qu'elle ne soit pas parfaite le jour de son mariage. Aux yeux des autres, Kim était toujours parfaite, alors qu'Olivia, elle, était le vilain petit canard…

Ce qu'elle vit dans le miroir la rassura : elle ferait illusion…

Ses cheveux châtains aux reflets dorés étaient emprisonnés dans un chignon serré qui dégageait son cou gracile et mettait en valeur le magnifique pendentif en diamant qu'Alexander avait offert à Kim pour leur mariage.

C'était la première fois qu'elle portait un chignon, préférant d'ordinaire laisser ses cheveux lâchés, voire en bataille, et cette coiffure lui donnait un air sérieux et respectable qu'elle ne se connaissait pas.

Autre détail incongru, ses chaussures Christian Louboutin… Elles arboraient des talons environ trois fois plus haut que ceux qu'elle portait d'habitude et lui faisaient très mal aux pieds.

Naturellement, elle serrerait les dents et n'en laisserait rien paraître…

Avant de quitter la salle de bains, elle se remit du rouge à lèvres et délaissa la couleur rose pâle que Kim affectionnait pour mettre sa préférée, un carmin vif qui lui allait beaucoup mieux. Tant pis pour cette petite fantaisie, se dit-elle, on n'y verrait que du feu !

Après avoir pris une profonde inspiration pour se donner du courage, elle se dirigea vers le grand salon dominant la mer où un buffet attendait les invités.

La vaste demeure d'Alexander était située au bord de l'eau, et elle jeta en passant un coup d'œil plein d'envie à la longue plage de sable blanc qui s'étendait à perte de vue. Dire qu'elle était aux Caraïbes, dans un endroit idyllique, et qu'elle n'avait même pas le temps de se tremper les pieds dans l'océan ! Elle poussa un soupir de frustration.

Comme on pouvait s'y attendre, Kim n'avait rien laissé

au hasard : le lieu était splendide, songea Olivia en découvrant avec admiration la vaste salle décorée avec art de fleurs exotiques aux couleurs vives et de guirlandes de fougères. Sur les tables rondes nappées de tissu chamarré, des bougies diffusaient une lumière douce. Le buffet, somptueux, offrait un incroyable assortiment de plats savamment présentés, et des serveurs passaient déjà parmi les invités avec des cocktails tropicaux.

Et Kim n'était même pas là pour admirer son œuvre ! pensa Olivia, toujours aussi perplexe. Elle ne parvenait pas à imaginer ce qui avait bien pu pousser sa sœur à disparaître le jour où elle épousait l'homme qu'elle aimait. Quelque chose de grave, certainement, conclut-elle avec inquiétude…

N'était-ce pas d'ailleurs d'une cruelle ironie qu'elle soit contrainte de jouer la jeune épouse comblée, alors qu'elle était tout le contraire ? En effet, toujours célibataire, elle avait accumulé les échecs sentimentaux, et était de plus en plus lasse de sa solitude affective. Le moins que l'on puisse dire était qu'il s'agissait pour elle d'un rôle de composition, acheva-t-elle avec une bonne dose d'autodérision…

Chassant ces pensées de son esprit, elle se dirigea vers le bar. Peut-être n'était-ce pas très approprié, mais elle avait besoin d'un remontant. Personne ne la regardait, constata-t-elle en jetant un coup d'œil discret autour d'elle : c'était le moment d'en profiter.

Elle demanda un scotch au barman et l'avala d'un trait. C'est cet instant qu'Alexander choisit pour la rejoindre. Paniquée, elle eut juste le temps de rendre son verre vide au barman avant qu'il n'arrive.

Kim ne buvait pas d'alcool, en dehors d'une gorgée de champagne dans les grandes occasions. Du scotch, jamais ! Heureusement qu'il n'avait rien vu…

— Ah, c'est ici que tu te caches ! lança-t-il, amusé.

Elle se força à sourire.

— Je récupère, plutôt.

Il s'approcha d'elle et fronça les sourcils, soudain soupçonneux.

— Tu as bu ? s'écria-t-il.

Elle se troubla, regrettant déjà amèrement son coup de folie. Si elle continuait à se conduire ainsi, il ne tarderait pas à comprendre ce qui se passait ! Et ce serait terrible pour Kim…

— Non, pas du tout, mais j'ai un peu mal à la tête, et j'ai pris une aspirine, expliqua-t-elle pour faire diversion.

Par bonheur, il n'insista pas.

— Ce qui nous donne une bonne excuse pour filer à l'anglaise… Après tout, c'est notre nuit de noces, n'est-ce pas ? enchaîna-t-il de sa voix grave aux accents sensuels. Nous avons tous les droits !

Tout en parlant, il dessina de l'index la ligne gracieuse de ses épaules, et elle eut toutes les peines du monde à retenir un frisson.

— J'ai hâte de t'enlever cette jolie robe, ajouta-t-il d'une voix sourde.

Elle détourna la tête, au supplice, affolée par la caresse pourtant légère de son doigt qui courait sur sa peau. Il lui semblait que son corps tout entier était en feu, que s'il s'approchait d'elle elle serait capable de se jeter dans ses bras sans plus réfléchir, tant elle avait envie de se serrer contre son large torse, de sentir ses bras puissants l'enlacer.

Pourquoi lui faisait-il un tel effet ? songea-t-elle, en plein désarroi. Et comment pouvait-elle oublier qu'il s'agissait du mari de sa sœur ?

Bon sang, où était Kim ?

— Si nous allions d'abord rejoindre nos invités ? articula-t-elle péniblement après avoir, par miracle, repris le contrôle d'elle-même.

Il lui sourit.

— Tu as raison, acquiesça-t-il. Nous avons toute la nuit pour profiter l'un de l'autre…

Olivia ne comprit jamais comment elle réussit à jouer la jeune mariée énamourée auprès de parfaits inconnus qu'elle était censée avoir déjà vus… Souriante, aimable, elle accepta modestement les compliments qu'on lui faisait sur sa robe, sur le magnifique couple qu'elle formait avec Alexander, sur la chance qu'ils avaient de s'être trouvés. Mais elle prit soin d'en dire le moins possible, de peur de faire une gaffe qui la trahirait. Les invités mettraient son mutisme sur le compte de l'émotion…

Elle se croyait presque tirée d'affaire quand l'orchestre s'installa pour jouer.

— A vous d'ouvrir le bal ! lança l'un des amis d'Alexander. Tout le monde vous attend !

Olivia sentit ses jambes se dérober sous elle, mais n'eut même pas le temps de protester. Cérémonieusement, Alexander s'inclina devant elle et la prit par la main pour l'entraîner sur la piste, sous le regard attendri de l'assistance.

Olivia n'avait jamais dansé la valse, mais Alexander semblait avoir fait ça toute sa vie. Il la serra contre lui et l'entraîna dans un tourbillon qui lui coupa le souffle. Plaquée contre son large torse, elle se laissa aller au plaisir de la danse, bouleversée de s'abandonner à ses bras puissants, de sentir sa main possessive plaquée sur sa taille.

Leurs pas s'accordaient parfaitement, comme s'ils étaient destinés depuis toujours à virevolter ainsi avec maestria, accrochés l'un à l'autre, indifférents à tout ce qui les entourait.

Enfin, le morceau se termina et ils se séparèrent sans un mot, le souffle court, le cœur battant à tout rompre, sous les applaudissements nourris des invités.

Olivia resta un moment immobile, comme paralysée par l'émotion. Aucune danse ne lui avait jamais procuré cette merveilleuse sensation de liberté, de sensualité, et de compatibilité parfaite avec son cavalier.

Alexander était un magicien…

— A présent, c'est au tour de son père d'inviter la mariée ! s'exclama alors le pianiste.

Olivia se figea. Elle avait réussi jusque-là à éviter ce père qu'elle détestait, et pensait naïvement qu'elle s'en tirerait par quelques mots anodins, persuadée qu'au milieu des invités il n'oserait pas l'agresser.

Mais danser avec lui ? Non, jamais !

Elle avait gardé à la mémoire, comme une blessure inguérissable, ce rock qu'il avait insisté pour lui faire danser lors de la soirée organisée pour leurs quinze ans.

Il n'avait cessé de la critiquer, de lui dire qu'elle était raide comme un piquet, dénuée de toute féminité, dépourvue de charme, que jamais elle n'arriverait à plaire à un homme.

Blessée au plus profond d'elle-même, humiliée, elle avait perdu tous ses moyens et lui avait marché sur le pied, ce qui avait naturellement décuplé son agressivité. Elle n'était qu'une incapable et n'arriverait jamais à rien ! lui avait-il asséné avec violence, en la plantant au milieu de la piste devant toute l'assistance.

Les larmes aux yeux, elle avait failli s'effondrer, mais un dernier réflexe d'orgueil l'en avait empêchée.

Et comme d'habitude, c'est Kim qui l'avait sortie de cette épreuve en la prenant d'autorité par le bras et en l'entraînant vers le buffet.

L'orchestre s'échauffa, la ramenant brutalement à la réalité.

Elle ne voulait pas danser avec son père, elle ne pouvait pas ! La seule idée qu'il la tienne dans ses bras lui était insupportable. Par ailleurs, c'était prendre un risque énorme : même s'ils ne s'étaient pas parlé depuis six ans, et en dépit de son absence totale d'instinct paternel, il découvrirait aussitôt la supercherie !

Un terrible sentiment de panique s'empara d'elle. A cet instant, elle ne pouvait penser qu'à une chose : fuir.

Elle parvint cependant à rassembler ses forces pour glisser quelques mots à Alexander.

— Je suis désolée, balbutia-t-elle, je ne me sens pas bien. Il faut que je sorte…

Et sans attendre sa réaction, elle quitta la salle à la hâte.

Soudain sur le qui-vive, Alexander saisit machinalement une flûte sur le plateau que lui présentait le serveur en nœud papillon, plissa les yeux et fixa avec intensité la silhouette de Kim jusqu'à ce qu'elle passe la porte.

Elle marchait vite, de façon saccadée, et trébucha sur ses Louboutin. Un instant, il crut qu'elle allait chuter, mais elle parvint à se rattraper et disparut.

Son sang se figea dans ses veines, et il faillit lâcher son verre.

Depuis le début de la soirée, il avait des doutes sans vouloir se l'avouer, mais à présent il ne pouvait plus se voiler la face, songea-t-il, soudain blême.

C'était incroyable, intolérable, insupportable, mais il en était désormais certain : la femme qui venait de s'enfuir n'était pas Kim, mais Olivia…

Où était Kim ? Pourquoi avaient-elles imaginé cette supercherie ? Car il était clair qu'elles étaient toutes les deux impliquées.

Probablement encore l'un de ces mauvais coups dont Olivia avait le secret ! Et Kim n'avait pas osé lui refuser son aide…

Une bouffée de rage l'envahit. Olivia Stanton réunissait tout ce qu'il détestait : l'égoïsme, l'irresponsabilité et le goût de la provocation. En prenant la place de sa sœur, le jour de leur mariage, non seulement elle le ridiculisait, mais elle ruinait sa réputation, ce qui pouvait remettre en cause la garde de sa sœur qu'il n'avait réussi à obtenir qu'après un long combat.

C'est quand Olivia s'était enfuie pour éviter de danser avec son père qu'il avait compris. Elle était en conflit ouvert

avec lui et leurs rapports exécrables faisaient régulière-
ment la une des journaux à scandale, qui adoraient rendre
compte du comportement ouvertement provocateur de la
jeune femme et des réactions violentes de John Stanton.

Kim, qui avait toujours réussi à maintenir des relations
à peu près normales avec lui, ne lui aurait jamais refusé
une danse le jour de son mariage.

Une colère froide l'envahit, et il serra les dents.

Pourquoi se faisaient-elles passer l'une pour l'autre ?

Et quand cela avait-il commencé ?

En se repassant le film des événements de la journée,
il comprit avec horreur que c'est au doigt d'Olivia qu'il
avait passé l'alliance, qu'il avait accepté solennellement
de la prendre pour épouse !

A cet instant, il se souvint avoir pensé que son nouveau
rouge à lèvres lui allait divinement bien, et que depuis six
mois qu'ils se fréquentaient, il ne l'avait jamais trouvée
aussi sexy.

Il venait de s'unir à une femme qui ne pensait qu'à
faire la fête et à créer des scandales, comme une ado mal
dans sa peau, capable de toutes les sottises pour attirer
les regards sur elle ! Et c'est cette adolescente attardée
et rebelle qui était désormais censée donner l'exemple à
Emily, sa sœur !

Il serra les poings pour ne pas laisser éclater sa fureur,
et posa violemment sa flûte sur une table. Olivia maudirait
pour longtemps le jour où elle avait décidé de se moquer
de lui, car il allait de ce pas avoir une explication avec elle.

Une explication sanglante...

Quant à Kim, il ne parvenait tout simplement pas
à imaginer ce qui lui était passé par la tête, mais il se
réservait le droit de lui dire ce qu'il pensait de sa conduite
et de sa trahison.

Jamais aucune femme ne l'avait bafoué ainsi...

2.

Elle n'était pas dans sa suite…

Sa colère monta encore d'un cran et il se précipita à l'extérieur pour la chercher.

Il aurait parié qu'elle avait trouvé refuge sur la plage. Il plissa les yeux en direction de l'océan et distingua au loin une silhouette tout de blanc vêtue. C'était elle, bien sûr, qui pensait naïvement qu'il n'irait pas la chercher jusque-là…

Il parcourut à la hâte les jardins savamment éclairés par des spots dissimulés dans les palmiers, traversa sans y prêter attention les parterres de fleurs aux parfums de vanille et n'entendit pas non plus le chant des insectes nocturnes pourtant si mélodieux sous les tropiques.

Il ne pensait qu'à une chose : faire payer à Olivia l'inqualifiable affront qu'elle venait de lui faire subir.

Mais quand il arriva sur la plage, il s'arrêta net.

Olivia avait enlevé sa robe et ses chaussures qui gisaient en tas sur le sable. Sur le corset en dentelle qui recouvrait le tout, éclairé par les rayons argentés de la lune, brillait le diamant qu'il avait offert à Kim.

Elle nageait à quelques mètres du rivage, et il resta un moment à regarder ses bras qui émergeaient de l'eau en une courbe gracieuse.

Soudain calmé, il décida de s'allonger sur une des chaises longues en teck disposées sur la plage en attendant qu'elle daigne sortir de l'eau. De toute façon, elle ne pouvait pas lui échapper... Ce coin de plage était son refuge personnel, et les agents de sécurité avaient pour consigne de ne laisser personne l'approcher. Probablement n'avaient-ils pas osé en interdire l'accès à la mariée...

Ils étaient seuls, loin des invités, du champagne et de la musique. Ses amis les croyaient sans doute sur le point de célébrer leur nuit de noces, impatients de se retrouver dans les bras l'un de l'autre. Quelle plaisanterie !

La situation était si invraisemblable que ç'en était presque drôle, pensa-t-il en plissant les yeux.

Si ses amis avaient su quel genre de nuit de noces l'attendait, ils auraient bien ri, ou pleuré, au choix !

Quant à lui, il n'avait pas du tout envie de rire, et c'était un euphémisme. Jamais il n'avait été ainsi humilié... Soudain, une bouffée d'animosité l'assaillit, terriblement violente.

Cette fois, Olivia allait regretter d'avoir fait n'importe quoi ! Peut-être parvenait-elle d'habitude, le plus souvent grâce à Kim, à se tirer sans trop de dommages des situations impossibles dans lesquelles elle avait le don de se fourrer, mais cette fois, elle était tombée sur plus fort qu'elle.

Jusqu'où était-elle prête à jouer la comédie ? se demanda-t-il avec un frisson d'excitation perverse.

Il avait hâte de le savoir...

Olivia, épuisée, tenta quelques brasses pour retourner vers le rivage. Elle n'avait jamais été très bonne nageuse, et la tension nerveuse qui ne l'avait pas lâchée depuis le matin la rendait plus maladroite encore.

Enfin, elle sentit avec soulagement le sol sous ses pieds, sortit de l'eau et s'affala sur le sable, le cœur battant.

Ce bain l'avait un peu apaisée, grâce à la température délicieusement tiède de l'océan, à son odeur iodée, au doux clapotement des vagues.

Mais cette parenthèse ne durerait pas : si elle avait

réussi in extremis à éviter une confrontation avec son père, il lui restait à affronter Alexander, et, des deux, elle ne savait pas quel était le pire…

Pourvu que Kim arrive bientôt! pensa-t-elle, l'estomac noué. Jamais elle ne s'était sentie aussi fragile, aussi impuissante! Pourquoi avait-elle accepté la folle proposition de sa sœur?

— Tu es nue?

La voix grave aux accents sensuels d'Alexander la fit sursauter, tout comme sa question. Où était-il? Dans l'obscurité, elle ne l'avait pas vu. Dans un geste instinctif de pudeur, elle s'assit et s'entoura les genoux de ses bras.

Relevant la tête, elle aperçut à quelques mètres d'elle sa longue silhouette étendue sur un transat. Il avait enlevé veste et cravate, défait son col, et dans la clarté blanche de la lune, elle aperçut la toison brune sous sa chemise ouverte.

Une boule se forma dans sa gorge, et elle eut soudain conscience de sa virilité prégnante comme d'un danger potentiel, d'une menace sourde et indéfinissable. Et s'il avait deviné? S'il cherchait à la punir de son audace?

Elle réalisa qu'ils étaient seuls, et que tout pouvait arriver. Bouleversée, elle se remémora le contact léger de ses lèvres sur sa joue, lorsque le prêtre l'avait invité à l'embrasser, son parfum enivrant. De quoi avait-elle le plus peur? D'elle ou de lui? Elle préférait ne pas le savoir…

— Non, bien sûr que non! lança-t-elle tout à coup, maîtrisant son trouble avec peine. Quelle idée! Je ne suis pas nue!

Elle se leva, décidée à reprendre le contrôle de la situation, et se frotta les jambes pour se débarrasser du sable qui lui collait à la peau.

— Je vais me rincer, déclara-t-elle en prenant la direction de la maison.

Il se leva à son tour.

— Non, pas tout de suite! coupa-t-il sèchement en se mettant en travers de son chemin.

— Mais enfin, Alexander !

Il l'empêcha de poursuivre en lui posant l'index sur les lèvres.

— Chut ! murmura-t-il. Puisque tu m'as privé du plaisir de t'enlever ta robe, tu peux bien m'autoriser à t'admirer, n'est-ce pas ?

Le cœur battant, elle s'immobilisa. Elle aurait dû passer outre son injonction, exiger qu'il la laisse se vêtir, mais n'en eut pas la force.

Elle était comme paralysée par son regard brûlant, tétanisée par l'insistance avec laquelle il fixait sa poitrine, ses cuisses.

Alexander ne pouvait détacher son regard du corps souple d'Olivia. La lumière presque blanche de la lune dessinait chacune de ses courbes féminines, caressait la courbure d'un sein, la rondeur d'une fesse, le creux du ventre. Une bouffée de désir le saisit, et il constata avec stupéfaction qu'il avait une érection.

Elle semblait nue…, mais ne l'était pas. Elle portait des sous-vêtements de couleur chair d'une étonnante simplicité par rapport à ceux dans lesquels elle avait posé sans aucun d'état d'âme pour certaines publicités, provoquant la fureur de son père.

Quand Kim lui avait montré les clichés, il y avait jeté un coup d'œil rapide, mais avait aussitôt refermé le magazine avec un soupir agacé. A l'époque, il ne voulait rien savoir de l'encombrante jumelle de sa future épouse.

A présent, c'était différent, et il ne pouvait qu'admirer la perfection de son corps de rêve et son affolante sensualité. Ce qui n'avait rien d'étonnant pour une jeune femme qui posait à moitié nue et collectionnait les aventures, comme le lui avait avoué Kim, désolée de son incapacité à se fixer, à se ranger, à devenir enfin une adulte responsable.

Cette pensée le ramena brutalement à la réalité. Il était temps, pensa-t-il, mal à l'aise, il s'égarait… Olivia était sa belle-sœur, et non seulement sa vie amoureuse lui importait peu, mais il ne devait pas se laisser aller à la trouver séduisante.

A cet instant, il ne devait songer qu'à une chose : régler ses comptes avec elle et lui soutirer la vérité.

— Tu ne nages pas très bien, constata-t-il d'un ton détaché. Si tu avais eu un problème, personne ne t'aurait entendue crier.

Olivia serra les lèvres, en plein désarroi. L'espace d'un instant, elle avait en effet eu envie de s'enfoncer dans l'océan, pour tout oublier, son père comme Alexander. Mais par bonheur, ce moment de folie n'avait pas duré. Elle était dans une situation délicate, mais elle s'en sortirait. Elle en avait vu d'autres…

— Je n'ai pas eu de problème, précisa-t-elle, décidée à ne pas se laisser déstabiliser.

— Tant mieux…

Contre toute attente, il arbora soudain un sourire qui creusa une fossette sur son menton volontaire et alluma une étincelle dans ses yeux clairs.

Il avait un charme plus dévastateur que jamais, pensa Olivia, troublée. Et infiniment perturbant. Elle préférait quand il la prenait de haut !

Elle recula d'un pas, sur la défensive.

— Où vas-tu ? demanda-t-il.

La panique la saisit à l'idée que selon toute logique, il avait certainement l'intention de passer la nuit avec elle : ne venait-il pas de l'épouser ?

— Je vais me coucher, balbutia-t-elle, au plus mal. Si tu veux bien, Alex, j'aimerais dormir seule ce soir. Je ne me sens pas très bien.

A cet instant, c'est d'elle-même qu'elle avait peur, et pas de lui, songea-t-elle, en plein désarroi. Ou plutôt de cette attirance contre-nature, qu'elle éprouvait pour le fiancé de sa sœur, dès qu'il lui souriait ou lui parlait de sa voix grave…

— Très bien, déclara-t-il, à ta guise.

La stupéfaction la cloua sur place. Elle était si étonnée de son absence de réaction qu'elle n'en éprouva même pas de soulagement. Tout cela cachait quelque chose, mais quoi ? S'il avait compris qu'elle n'était pas Kim, elle s'en serait déjà rendu compte !

Mais avant qu'elle ait eu le temps de réagir, il l'avait prise par la main et forcée à s'asseoir à côté de lui, sur le sable encore tiède.

— Embrasse-moi…

— Mais…

— Tu ne vas tout de même pas refuser un baiser à ton époux le jour de tes noces ! s'exclama-t-il avec une soudaine agressivité.

Cédant de nouveau à la panique, elle déglutit péniblement. D'une part, elle ne pouvait pas lui refuser ce baiser, sous peine d'éveiller définitivement ses soupçons, et d'autre part la seule idée de l'embrasser la mettait dans tous ses états ! Comment résoudre ce dilemme ?

Il avança la main et lui effleura la lèvre inférieure de l'index.

— Tu es bizarre depuis ce matin, Kim, fit-il observer.

Olivia ferma les yeux. Etait-ce l'exquise sensation que provoquait en elle la caresse d'Alexander, ou la crainte de le voir découvrir le pot aux roses, qui provoquaient en elle un tel désarroi ?

Sa respiration s'accéléra et son cœur se mit à battre la chamade.

— Embrasse-moi, ou je vais finir par croire que tu n'en as pas envie…, insista-t-il.

Cédant à une soudaine impulsion, Olivia cessa de se poser des questions. Comme si ce geste allait de soi, elle se lova contre lui et posa la tête au creux de son cou pour mieux s'imprégner de son odeur mâle, de sa chaleur.

A son tour, Alexander l'entoura de ses bras et la serra contre lui, lui écrasant les seins contre son large torse.

Pantelant d'émotion, elle s'abandonna à son étreinte virile, émerveillée de sentir ses muscles puissants contre sa poitrine. Jamais elle n'avait été troublée par un homme comme elle l'était par Alexander, pensa-t-elle, luttant contre la vague de chaleur qui l'envahissait.

Mais quand il se pencha sur elle pour prendre ses lèvres, elle eut un sursaut de lucidité et la réalité lui revint tel un boomerang. Elle s'apprêtait à embrasser l'homme que sa sœur aimait ! Etait-elle devenue folle ?

Reprenant le contrôle d'elle-même, elle s'écarta de lui à la hâte.

— Non, s'il te plaît, laisse-moi, balbutia-t-elle. Pas ce soir...

Il ne chercha pas à la retenir. Au contraire, il resta parfaitement calme et la dévisagea d'un regard glacial.

— Ton haleine sent l'alcool, asséna-t-il sans ménagement. Et Kim ne supporte pas l'idée de boire une seule goutte.

Elle leva les yeux vers lui, incrédule et horrifiée.

Il savait ! comprit-elle en un éclair. Il savait déjà et il n'avait rien dit ! A quel jeu jouait-il ? Et que se serait-il passé si elle ne l'avait pas repoussé au dernier moment ? C'était monstrueux !

— Tu savais ! lança-t-elle d'une voix sifflante. Et tu t'es bien gardé de me l'avouer ! C'est indigne !

Il eut un sourire mauvais.

— Tu me sembles mal placée pour me donner des leçons de franchise, Olivia. Si j'ai poussé le jeu aussi loin, c'est précisément pour voir jusqu'où tu irais, toi. Et j'ai découvert avec surprise que tu avais encore un soupçon de sens moral, ma chère belle-sœur. Etonnant pour quelqu'un comme toi, non ?

Quand il l'attrapa sans ménagement par le poignet, elle sentit le désespoir la gagner.

Elle vivait un véritable cauchemar. Jamais elle n'aurait dû se prêter à cette supercherie ! Elle n'y comprenait rien, ne sachant ni pourquoi Kim avait imaginé ce scénario, ni quand elle allait rentrer, ni ce qu'elle devait faire, à présent !

Sa seule certitude était qu'elle devait se méfier d'Alexander, à la fois parce qu'il voudrait la faire payer, et aussi parce qu'elle n'était plus la même en sa présence. Alors qu'elle aurait dû mobiliser ses forces pour lui faire face, elle perdait tous ses moyens dès qu'il posait le regard sur elle !

Comment tout cela allait-il finir ?

Un sanglot lui échappa et elle réalisa que si elle restait une seconde de plus, elle allait s'effondrer devant lui. Or il n'en était pas question ! Il la méprisait déjà suffisamment comme ça !

Rassemblant ses dernières forces, elle se leva pour s'enfuir, mais il la retint d'une main de fer et elle tomba sur le sable. Elle se débattit et, la plaquant au sol, il s'allongea sur elle pour l'empêcher de bouger.

— Arrête, Olivia ! murmura-t-il d'une voix sourde.

Surprise par le trouble qu'elle décelait dans sa voix, elle se calma. Mais tout à coup, alors qu'il était encore sur elle, elle sentit son sexe durci contre son ventre et l'émotion la submergea.

Il avait envie d'elle ! comprit-elle, affolée. Alors qu'il était censé être amoureux de sa sœur !

— Je n'ai pas l'intention de te faire du mal, ajouta-t-il, inconscient des affres dans lesquelles elle se débattait.

Cette réflexion la ramena à la raison.

— Ah bon ? s'écria-t-elle, furieuse contre lui, furieuse contre elle-même, furieuse contre Kim, la première responsable de ce lamentable gâchis. Sache que si je ne t'ai pas repoussé, c'est d'abord parce que je jouais le rôle de Kim, et aussi, je l'avoue, parce que tu n'es pas dénué de charme… Mais tout le monde sait que je suis une fille facile qui tombe dans les bras de n'importe qui, n'est-ce pas ?

Elle s'interrompit et lui lança un regard incendiaire.

— Et toi, s'écria-t-elle, quelle est ton excuse ?

Il n'en avait pas…

Et non seulement il n'avait pas la moindre excuse, mais il était soudain terriblement perturbé par l'emprise qu'Olivia avait désormais sur lui. A cet instant, il se sentait presque capable de la prendre de force, tant il avait envie d'elle. Lui d'ordinaire si maître de lui en présence des femmes, habitué à séduire, se retrouvait face à Olivia aussi fébrile et incontrôlable qu'un adolescent…

Il la tenait toujours par le poignet et le désir déferla en lui, impérieux, aussi violent qu'un raz-de-marée. Il s'imagina se penchant sur elle, savourant ses lèvres pulpeuses qui semblaient faites pour les baisers, palpant son corps parfait, la possédant avec fougue, la faisant crier sous ses assauts…

STOP !

Il devenait fou, se dit-il, effrayé. Il n'était pas question qu'il fasse l'amour à sa belle-sœur !

Il s'écarta et la toisa.

— Je n'ai pas d'excuse à te donner, asséna-t-il d'un ton qui n'admettait pas la réplique. Ma réaction est d'ordre physique, rien de plus. Inutile d'imaginer autre chose…

Elle s'éloigna de lui et se frotta les poignets. Sous la clarté diffuse de la lune, il vit distinctement les marques rouges qu'il avait laissées et sentit la culpabilité l'envahir.

Comment avait-il pu manquer à ce point de contrôle ? Il avait toujours éprouvé le plus profond mépris pour les individus incapables de maîtriser leurs pulsions…

— Désolé si je t'ai fait mal, murmura-t-il, contrit. Viens, nous allons faire couler de l'eau fraîche sur tes poignets.

— Ce n'est rien, murmura-t-elle. J'ai connu pire…

— Pour toi, ce n'est peut-être pas grand-chose, mais pour moi c'est beaucoup trop. Rien ne justifie mon comportement, Olivia. Accepte mes excuses.

Elle releva la tête, surprise.

— Voyons, Alexander, je suis aussi responsable que toi !

Il l'arrêta d'un geste de la main.

— Non, Olivia, quels que soient tes torts, je maintiens que j'ai eu un comportement déplacé, insista-t-il. A présent, je suggère que tu ailles te changer. Nous nous retrouverons ensuite pour discuter. Et, juste une dernière chose…

Il s'interrompit et darda sur elle un regard sans indulgence.

— Inutile de songer à t'enfuir, ma chère, ajouta-t-il d'un ton menaçant. Sache que je le prendrais très mal…

3.

Si Alexander avait espéré qu'une fois vêtue, Olivia ne lui ferait plus d'effet, il s'était lourdement trompé...

Il la retrouva dans la vaste cuisine ultramoderne, prolongée d'une terrasse en teck surplombant l'océan. Enveloppée d'un simple peignoir blanc, ses cheveux châtains dénoués, exempte de tout maquillage, elle était aussi ravissante que dans sa robe de mariée sophistiquée, aussi sexy que sur la plage.

Il s'interdit de fixer l'échancrure du peignoir qui laissait entrevoir la naissance de sa poitrine. Ce n'était vraiment pas le moment !

Agacé contre lui-même, il leur prépara d'office deux cocktails.

— Je meurs de faim ! s'exclama tout à coup Olivia. Il n'y a rien à manger dans cette magnifique cuisine suréquipée ?

Il fit mine de n'avoir rien entendu et lui tendit un verre, l'air concentré.

— N'essaye pas de faire diversion, asséna-t-il d'un ton brutal. J'attends, Olivia. Et j'exige des réponses à mes questions. Où est Kim ?

Sans lui répondre, elle prit sur elle d'ouvrir le réfrigérateur à la recherche de quelque chose à se mettre sous la dent. Il était quasiment vide : elle le referma aussitôt, désappointée.

— Je ne sais pas, murmura-t-elle en se tournant vers lui, affrontant son regard inquisiteur.

Il poussa un soupir et se passa la main dans les cheveux.

— Ne me prends pas pour un imbécile, Olivia, rétorqua-t-il d'un ton las. Tu risques de le regretter...

Quand ce cauchemar prendrait-il fin ?

Alors que, le matin même, il se réjouissait d'épouser la femme qu'il aimait, avec laquelle il fonderait un jour une famille et qui l'aiderait à protéger sa sœur Emily des sombres desseins de leur mère, voici qu'il se retrouvait quelques heures plus tard en plein psychodrame, marié à une affabulatrice, sans nouvelles de sa fiancée !

C'était un vrai film d'horreur...

— Quand on me menace, je suis encore plus ingérable, fit observer Olivia après un silence tendu. Déjà que je meurs de faim... Je peux être très désagréable, tu sais ! Tu ne devrais pas me provoquer ainsi, conclut-elle sur un ton de défi.

Il vit rouge et s'approcha d'elle, furieux. Elle recula d'un pas et il la plaqua contre le mur, hors de lui. Il n'aurait pas dû, il le savait, mais elle le rendait fou...

— Tu vas enfin me dire ce qui se passe, Olivia ! hurla-t-il. Kim allait très bien, ce matin ! Où est-elle ? Probablement encore en train d'essayer de te tirer d'un de ces mauvais pas dans lesquels tu as le don de te fourrer ! Tu l'as appelée à la rescousse, c'est ça, et comme d'habitude elle n'a pas osé te dire non ? Parle !

— Rien de tout ça, répondit-elle enfin avec un calme qui ajouta encore à la colère d'Alexander. Mais avant tout, il faut que je grignote quelque chose, sinon je vais me trouver mal. Puisqu'il n'y a pas de quoi se sustenter dans ta magnifique cuisine, je peux peut-être me faire apporter un en-cas ? J'ai cru comprendre que tu t'étais attaché les services d'un célèbre chef français...

De mauvaise grâce, il lui indiqua le téléphone mural d'un signe de tête.

— Fais le 1, indiqua-t-il, tu tomberas sur Pierre. Commande-lui ce que tu veux, tu ne seras pas déçue, en effet. Ensuite, nous parlerons.

Elle s'exécuta, puis se retourna vers lui.

— Et maintenant, appelle Kim, lança-t-il en lui tendant un téléphone portable.

Olivia le reconnut aussitôt. C'était le sien…

— Mon téléphone ? balbutia-t-elle, interdite. Mais comment est-ce possible ? Tu as fouillé dans mes affaires ?

— Oui, confirma-t-il sans aucune gêne. A la recherche d'une explication à cet imbroglio, figure-toi ! Peut-être Kim te répondra-t-elle si c'est toi qui l'appelles. Moi, j'ai essayé sans succès…

— Elle ne répondra pas. J'ai essayé plus d'une vingtaine de fois aujourd'hui.

Il accusa le coup.

— Alors dis-moi où elle est ! lança-t-il avec une soudaine inquiétude, et je pars la chercher de ce pas.

Comme une vive anxiété se peignait sur le visage d'Olivia, Alexander comprit avec stupéfaction qu'elle était dans l'incapacité de lui répondre.

— Je ne sais pas, avoua-t-elle d'une voix tremblante.

Elle s'appuya sur le comptoir en marbre et resserra autour d'elle les pans du peignoir dans un geste instinctif de défense.

— Comment, tu ne sais pas ? s'exclama-t-il, hors de lui.

— Non, je ne sais pas, confirma-t-elle d'une voix tendue. Kim m'a juste avoué qu'elle voulait repousser le mariage, mais qu'elle ne savait pas comment t'en parler. Puis elle m'a assuré qu'elle reviendrait en fin de journée… et elle s'est évanouie dans la nature. Je suis sûre qu'elle n'est pas loin, qu'elle n'a pas quitté l'île !

Alexander resta muet de stupeur. C'était encore pire que ce qu'il avait pu imaginer. Totalement incompréhensible ! Tout simplement aberrant…

— C'est une plaisanterie ! s'exclama-t-il d'un ton acerbe. Je suis sûr que c'est à cause de toi qu'elle est partie, pour résoudre encore une fois un de tes problèmes ! Reconnais-le, au point où nous en sommes !

Elle soutint sans faiblir son regard accusateur.

— Crois-moi si tu veux, mais c'est la vérité, rétorqua-t-elle. Cette fois, c'est moi qui lui ai rendu service en accédant à sa demande. Si ça n'avait pas été pour elle, jamais je n'aurais accepté de jouer cette comédie à tes côtés, toute une journée…, conclut-elle avec une ironie cinglante.

— Je ne doute pas que ce soit un vrai supplice ! répondit-il sur le même ton. Comme c'est attendrissant de voir jusqu'où vous pouvez aller pour vous entraider, entre sœurs…

Olivia n'eut même pas la force de le remettre à sa place. En réalité, même si elle ne le lui aurait avoué pour rien au monde, elle était morte d'inquiétude. Tout ça ressemblait tellement peu à Kim, cette fille sensée qui gérait sa vie de façon rationnelle et organisée ! Elle ne reconnaissait pas sa sœur, et commençait à envisager le pire.

— Si Kim avait eu un problème, elle serait venue me voir, reprit Alexander, comme s'il se parlait à lui-même. Jamais elle n'aurait imaginé une telle machination, en faisant tout reposer sur toi par-dessus le marché ! Nous aurions discuté, et j'aurais trouvé une solution, moi !

Olivia serra les lèvres. Il ne pouvait pas s'empêcher de lui faire comprendre à la moindre occasion en quelle piètre estime il la tenait. Mais elle garda le silence. Elle était habituée depuis si longtemps à essuyer le mépris des gens qui la jugeaient de façon caricaturale sur sa réputation sulfureuse et non sur sa personne.

— Parce que tu crois que si elle t'avait annoncé la veille de la cérémonie qu'elle voulait repousser le mariage, tu lui aurais dit « oui, ma chérie » ? lança-t-elle avec une agressivité mal contrôlée. Mais bien sûr que non ! Elle sait très bien à quel point tu es sensible au qu'en dira-t-on, à quel point tu détestes tout ce qui peut ressembler de près ou de loin à un scandale…

Il eut un petit ricanement désagréable.

— Peut-être. Mais en tout cas, en ce qui me concerne,

et contrairement à toi, je n'alimente pas les ragots et les articles de la presse people par mes excès en tous genres !

Elle faillit répliquer, mais garda le silence. A quoi bon argumenter avec Alexander ? Il se souciait tant des apparences et de sa précieuse respectabilité qu'il ne pourrait jamais l'écouter, elle la rebelle, la scandaleuse !

— Il ne s'agit pas de moi, coupa-t-elle sèchement, mais de Kim. Tu feras mon procès un autre jour, si tu veux bien. Ma sœur m'a demandé mon aide, sans m'expliquer les raisons de son attitude étrange, et bien sûr j'ai dit oui. J'attends avec impatience le moment où elle nous aura tout raconté et où tu te rouleras à mes pieds pour t'excuser. Car tu finiras bien par comprendre que je n'ai joué aucun rôle dans cette affaire !

A l'évidence, Alexander King n'était pas du genre à se rouler aux pieds d'une femme, ni de personne d'autre d'ailleurs, mais peu importait. L'imaginer dans cette situation l'amusait... et la troublait aussi quelque peu.

Elle était presque soulagée qu'il ait découvert le pot aux roses : jouer à l'épouse docile et énamourée de cet homme exaspérant et fascinant à la fois lui était de plus en plus pénible.

— En tout cas, une chose est sûre, c'est qu'il est inutile de jouer plus longtemps cette petite comédie, maintenant que tu sais, déclara-t-elle. Je vais enfin pouvoir partir.

Elle s'attendait à ce qu'il approuve, trop heureux de se débarrasser d'elle, mais il n'en fut rien.

Un silence tendu s'instaura entre eux, et elle ne put retenir un frisson, comme si sa seule présence constituait une menace.

Elle sentit son regard posé sur elle, insistant, troublant, et se força à lever les yeux vers lui. Il était plus viril que jamais avec ses avant-bras recouverts d'une toison brune, son cou puissant, sa haute stature, et son charme agissait sur elle comme un aimant.

— Tu n'imagines pas que je vais partir en voyage de noces tout seul, j'espère ? lança-t-il alors de sa voix grave.

Un frisson la saisit et, de nouveau, elle resserra autour d'elle les pans de son peignoir, le cœur battant.

— Tu plaisantes, n'est-ce pas ? balbutia-t-elle, prise au dépourvu. C'est Kim qui va partir avec toi. Elle ne va pas tarder à revenir, j'en suis sûre !

— Je l'espère pour toi, enchaîna-t-il sans la quitter des yeux.

— De toute façon, il n'est pas question que je reste à tes côtés, insista-t-elle, la gorge serrée. Aurais-tu oublié que nous nous détestons ? Et qu'accessoirement, je travaille ? Je planche sur une campagne publicitaire et j'ai un projet très important à rendre dans deux semaines. Je ne peux pas me permettre d'être en retard.

Il était essentiel qu'elle remporte ce budget, pensa-t-elle. C'était le seul moyen de redorer son image, de retrouver une respectabilité sociale. Seul un succès professionnel ferait taire les ragots infamants qui couraient sur elle. Il y allait de son honneur, de sa dignité…

— Allons, Olivia, cesse de jouer à la businesswoman, ça ne te va pas…, rétorqua-t-il avec un sourire condescendant qui la révolta.

Elle parvint cependant à se contenir. Alexander était aussi méprisant et injuste que les autres. Parviendrait-elle un jour à modifier ce regard terrible qu'on portait sur elle depuis si longtemps ?

— De toute façon, poursuivit-elle, résignée à ignorer sa remarque désobligeante, personne ne saura que tu es seul…

Il éclata d'un rire sardonique.

— Mais sur quelle planète vis-tu, ma pauvre Olivia ! s'exclama-t-il. Pourtant, tu devrais savoir de quoi je parle, toi qui es si souvent la cible des paparazzis ! Cette fois, ils sont tous à mes trousses, évidemment, prêts à dégainer pour obtenir le premier cliché de Kim et moi enlacés sur une plage idyllique pendant notre lune de miel ! Il est évident que tout le monde saura aussitôt que je suis seul ! Tu dois venir avec moi, ne serait-ce que pour tenir ton engagement envers Kim, conclut-il d'une voix qui n'admettait pas la réplique. Elle serait aussi embarrassée que moi que la presse découvre votre petit manège...

Olivia serra les lèvres. Il n'avait pas tort : elle était bel et bien coincée. Quelles que soient les mystérieuses raisons qui avaient poussé Kim à déserter le jour de son mariage, sa jumelle ne lui pardonnerait pas de ne pas avoir tenu sa promesse jusqu'au bout.

— Très bien, balbutia-t-elle d'une voix tendue. Je n'ai pas vraiment le choix, n'est-ce pas ? Mais quoi qu'il arrive, je serai de retour à New York dans deux semaines, et si tu essaies de m'en empêcher, je...

— Tu ? interrompit Alexander d'un ton railleur.

— Je ne sais pas ce que je ferai, mais tu peux craindre le pire, répondit-elle en le regardant droit dans les yeux pour bien lui montrer qu'il ne lui faisait pas peur. N'oublie pas que les scandales, moi, je m'en fiche, je connais ! Je n'ai rien à perdre !

— Même pas le bonheur de ta sœur ?

Elle s'interrompit un instant et fit mine de réfléchir.

— Si, mais je ne suis plus très sûre que c'est avec toi qu'elle le trouvera, conclut-elle d'un ton sec. Et, si je puis me permettre, où as-tu prévu d'emmener ta jeune épouse en voyage de noces ?

Il la toisa d'un regard sans complaisance, comme s'il voulait lui faire comprendre que c'était lui le plus fort.

— A Paris, dit-il.

N'importe qui aurait eu l'air ravi d'aller à Paris, même dans ces étranges circonstances, mais décidément Olivia n'était pas n'importe qui. Elle le dévisagea d'un air fâché comme s'ils partaient pour une destination de troisième ordre.

Il fit mine de ne pas noter sa réaction et regarda le serveur déposer sur la table la collation préparée par Pierre. Dommage qu'il ait aussi peu faim, pensa-t-il en constatant que ni la salade de langoustes ni les fruits tropicaux n'arrivaient à exciter son appétit.

A dire vrai, c'est une faim d'une tout autre nature qui le tenaillait depuis quelques jours...

Kim ayant souhaité ne pas faire l'amour avant le mariage, il avait respecté son désir, même si cela lui avait beaucoup coûté. Six mois d'abstinence, ça ne lui était jamais arrivé !

Et par un cruel retournement de situation, voilà qu'il se retrouvait seul le soir de ses noces, alors que sa libido menaçait d'exploser !

Au point même de lui faire nourrir des fantasmes sur la seule femme qu'il n'avait pas le droit de toucher : sa belle-sœur...

— Je meurs de faim ! s'exclama tout à coup Olivia, le ramenant à la réalité. Et tout ça a l'air délicieux !

Alexander lui jeta un regard surpris.

— Le moins que l'on puisse dire, c'est que les émotions ne te coupent pas l'appétit, fit-il observer en la regardant se servir généreusement.

Elle entama avec énergie la salade.

— Tu ne me connais pas, Alexander, rétorqua-t-elle entre deux bouchées. Les soucis ne m'ont jamais empêchée de manger. Et c'est heureux, car j'en ai eu beaucoup...

Quand elle eut terminé, elle se dirigea vers le téléphone et remercia Pierre en le félicitant dans un français parfait. Puis elle reprit sa place à table et dégusta une gorgée de sauternes.

Alexander la regarda tremper ses lèvres dans le vin liquoreux, et aperçut le bout de sa langue quand elle fit couler le breuvage dans sa bouche. Un spasme le parcourut, qu'il réprima aussitôt.

Pourquoi réagissait-il à ce simple geste comme s'il s'était agi d'une scène torride de film pornographique ? C'était ridicule ! Et comment cela se terminerait-il s'il n'était même plus capable de regarder une jolie fille boire un verre de vin sans la désirer ?

D'un geste nerveux, il tira son portable de sa poche et constata, encore une fois, qu'il n'avait pas d'appel de Kim.

Il s'approcha de la porte-fenêtre et resta un instant à écouter l'océan. La nuit tropicale était tombée. Elle était d'un noir d'encre, en dehors des rayons de la lune, et les insectes s'en donnaient à cœur joie, rythmant le bruit des vagues de leur chant mélodieux.

Où était Kim ? se demanda-t-il, en plein désarroi. Et pourquoi l'avait-elle abandonné à sa jumelle dont elle savait très bien qu'il ne la supportait pas ?

Elle devait bien se douter qu'il était à présent dans l'obligation d'emmener Olivia à Paris !

Comment pouvait-elle lui infliger une telle épreuve ?

Il se dirigea vers la cafetière électrique dernier cri et glissa une capsule dans le réceptacle. La nuit allait être longue et il savait déjà qu'il ne fermerait pas l'œil. Alors, café ou pas, ça ne changeait pas grand-chose.

— Dors bien, Alexander ! lança Olivia en sortant.

Contraint et forcé, il esquissa un bref salut de la tête.

Jusqu'au retour de Kim, il était obligé de composer avec Olivia, mais c'était vraiment sans gaieté de cœur…

Une heure plus tard, Olivia quitta son lit et traversa la chambre à pas de loup pour rassembler ses affaires. La pièce était plongée dans la pénombre, mais elle n'osait même pas allumer la lampe de chevet…

Elle enfila son pantalon de jogging, un débardeur et un gilet blanc, et laça ses baskets, puis, après avoir glissé ordinateur portable et carnet dans son sac, elle jeta un dernier coup d'œil autour d'elle.

Elle laissait sa valise, impossible à transporter sans ameuter toute la maisonnée. De toute façon, elle n'avait que faire de son contenu, et particulièrement de la robe habillée qu'elle s'était senti obligée d'acheter pour le mariage, quand elle pensait y assister en tant que sœur de la mariée…

Depuis, tant d'événements incroyables s'étaient produits qu'elle avait du mal à y croire. Sa seule certitude était qu'elle devait quitter cette maison au plus vite.

Il n'était pas question qu'elle prolonge un instant de plus cette ridicule comédie en accompagnant Alexander à Paris. D'abord, il y avait Alexander, et ensuite elle y avait trop de mauvais souvenirs…

Elle se dirigea sur la pointe des pieds vers la porte qu'elle ouvrit avec mille précautions.

Elle avait pratiqué cet exercice à de nombreuses reprises quand elle faisait le mur de sa pension ultrachic, et la plupart du temps l'aventure finissait mal, avec punition et réprimandes paternelles.

Pourvu que cette fois personne ne l'entende !

Quelques secondes plus tard, elle traversait les gigantesques salons en regrettant de ne pas avoir eu le temps d'admirer les somptueuses œuvres d'art qui les décoraient.

Dommage que les circonstances aient été aussi défavorables, pensa-t-elle, car elle aurait adoré profiter de ce lieu enchanteur, de cette grande demeure au délicieux style colonial, de ce jardin luxuriant.

Mais cette propriété appartenait à Alexander, et elle n'avait rien à y faire…

La Range-Rover qu'elle avait repérée quelques heures auparavant était là, les clés sur le tableau de bord.

Qui aurait pu se douter qu'un occupant de la maison allait chercher à s'échapper ? Les agents de sécurité d'Alexander surveillaient avant tout ceux qui cherchaient à s'y introduire frauduleusement.

L'aéroport n'était qu'à une trentaine de kilomètres et elle connaissait la route. Une fois sur place, elle prendrait le premier vol, peu lui importait la destination. Elle voulait juste fuir cette maison, cet homme...

Elle se glissa hors de la maison, referma doucement la lourde porte de chêne derrière elle et... entra en collision avec un individu surgi de nulle part.

Vêtu d'un pantalon en toile et d'un T-shirt noirs, Alexander lui bloquait ostensiblement le passage. Jamais sa haute stature et son large torse ne lui avaient paru aussi menaçants : Olivia, tétanisée, ne songea même pas à tenter de fuir...

Elle se raidit, le souffle coupé.

— Tu vas quelque part ? demanda-t-il d'un ton faussement dégagé qui n'augurait rien de bon.

Sans attendre sa réponse, il la saisit d'une main de fer, la fit pivoter sur elle-même et l'entraîna sans ménagement vers le salon.

Là, il la lâcha et lui fit face, l'air furieux, les bras croisés sur sa poitrine, plus impressionnant de virilité que jamais. Comment avait-elle pu penser un instant lui échapper ? se dit-elle, troublée par sa puissance, sa détermination. On ne luttait pas contre Alexander King, du moins pas par la force...

— Je ne peux pas partir avec toi, balbutia-t-elle, en plein désarroi. Il vaut beaucoup mieux que tu restes ici à attendre le retour de Kim plutôt que de m'obliger à te suivre à Paris.

Il la toisa d'un regard sans concession.

— Suis-moi, ordonna-t-il d'un ton qui n'admettait pas de réplique.

Elle obtempéra sans discuter, le cœur battant d'appréhension, en se demandant ce qu'il avait en tête. Voulait-il la punir d'avoir voulu s'échapper ? Quel genre de châtiment allait-il lui infliger ?

Mais une fois sur la terrasse qui dominait les jardins, il se contenta de s'accouder à la balustrade.

— Regarde, dit-il en tendant l'index.

Elle s'exécuta, étonnée. Que voulait-il lui montrer? La beauté de la végétation tropicale et des fleurs luxuriantes? L'attrait de l'immense piscine? La plage de sable blanc que l'on distinguait, toute proche?

Elle connaissait tout ça…

Tout à coup, elle aperçut, au milieu des bougainvillées, un éclat de lumière, et plissa les yeux.

Derrière les hautes grilles qui bordaient la propriété, juché dans un arbre, se trouvait un homme avec un appareil photo professionnel. Et, plus loin, garées sous les arbres, on distinguait des camionnettes en embuscade.

Une nausée soudaine la secoua. Elle ne savait que trop de quoi il s'agissait, pour avoir été l'une des proies favorites des médias. Photographes, reporters, journalistes de la presse people, ils étaient tous là, massés, à l'affût du scoop ou de la photo qui feraient grimper les tirages et leur assureraient une place au soleil!

Des vautours, sans foi ni loi, dont les agissements l'avaient fait tant souffrir! Ils l'avaient photographiée éméchée à la sortie des boîtes de nuit, dans les situations les plus déplaisantes, et même jetée sur le trottoir par son père après l'une de ses mémorables colères! Ces journalistes avaient contribué à donner d'elle l'image d'une *bad girl*, trop heureux de vendre leurs torchons en la traînant dans la boue.

Elle chancela et dut s'accrocher à Alexander pour ne pas tomber.

Lui passant un bras autour de la taille, il l'attira à lui pour mieux lui faire observer la scène.

— Regarde-les… Ils te suivront jusqu'à l'aéroport et il ne leur faudra que quelques minutes pour comprendre que tu es Olivia. Et ils seront trop contents de te jeter en pâture à leurs lecteurs comme ils l'ont fait si souvent, eux qui cherchent en permanence quelque chose à se mettre sous la dent…

— Et si tu demandais à tes gardes du corps de m'escorter jusqu'à l'aéroport ? demanda-t-elle d'une voix faible.

Il darda sur elle son regard magnétique.

— Il n'en est pas question, rétorqua-t-il, parfaitement calme. Et de toute façon, ils ne pourraient rien pour toi. Ce sont des rapaces, ne l'oublie pas.

Sans crier gare, sans doute ému par son désarroi, il la serra contre lui et déposa un baiser furtif sur sa tempe.

Bouleversée de sentir les muscles fermes contre ses seins, elle sentit une vague de chaleur l'envahir. Il la regardait toujours et elle leva la tête vers lui, les yeux fermés, la bouche légèrement entrouverte.

Allait-il l'embrasser ? se demanda-t-elle, affolée, tandis que son cœur se mettait à battre à cent à l'heure. Un baiser d'Alexander, ce devait être une incroyable expérience...

Mais elle se ressaisit aussitôt, honteuse d'avoir eu de telles pensées. Jusqu'à preuve du contraire, et même si la situation était pour le moins complexe, Alexander restait le fiancé de sa sœur...

Pourtant, elle aurait juré qu'il avait pensé la même chose qu'elle, et peut-être même envisagé un instant l'inenvisageable...

Par bonheur, il s'écarta d'elle et elle eut le temps de se reprendre.

Probablement s'était-elle trompée. Il n'avait sans doute jamais songé à l'embrasser, et s'il lui avait donné cette impression, c'était à dessein, pour la déstabiliser et lui faire comprendre que c'était lui le maître du jeu.

Ou — plus vraisemblable encore — il voulait donner le change aux photographes...

De toute façon, il la détestait, c'était clair...

— J'espère que tu as compris à présent, et que tu n'as plus aucune envie d'aller te jeter dans la gueule du loup, conclut-il en s'écartant de la balustrade.

— Peut-être y a-t-il d'autres solutions ? hasarda-t-elle, au supplice.

— Non ! Tu restes avec moi jusqu'au retour de Kim. Ensuite, tu feras ce que tu voudras, ça m'est parfaitement égal. Sache que j'affronte la presse depuis mon plus jeune âge. Avec un père et une mère stars de cinéma, je n'ai jamais connu l'anonymat, et j'ai toujours détesté être au centre de l'attention des médias.

Sa voix s'étrangla, et Olivia comprit avec surprise qu'il n'exagérait pas, tant il semblait ému en évoquant ces souvenirs.

— Aujourd'hui, j'ai pris des distances par rapport à tout ça, reprit-il d'un ton plus maîtrisé, mais je reste vigilant. Ma profession m'a mis à mon tour sur le devant de la scène, et je sais que chacun de mes faits et gestes est épié, disséqué, commenté.

— Je sais de quoi tu parles, enchaîna Olivia. Je suis moi-même la cible des médias.

Il eut un petit sourire amer.

— C'est vrai, mais la différence entre toi et moi est que tu suscites leur intérêt par tes provocations, alors que je n'ai rien à me reprocher, moi !

Profondément blessée, elle garda le silence. A quoi bon s'expliquer, tenter de se disculper ? Le jugement qu'il portait sur elle était si définitif que toute discussion était inutile.

Elle pensa tout à coup à Paris, à cette ville où elle avait d'abord été si heureuse avec Jacques, puis si malheureuse, et comprit qu'elle n'y arriverait pas.

— Restons ici, Alexander, lança-t-elle d'une voix plaintive. Et quand Kim réapparaîtra, tu l'emmèneras à Paris !

Surpris par son évident désarroi, il réfléchit un instant, mais sa décision était prise.

— Non. On nous attend à Paris, j'ai des gens à y voir. Pas question d'éveiller les soupçons, nous ferons ce voyage de noces tel qu'il a été prévu de longue date. Personne ne comprendrait que nous changions nos plans.

Et considérant le nombre incalculable de fois où ta sœur t'a rendu service, je pense que tu peux supporter ma présence quelques jours encore, non ? Il y a pire comme supplice, tu ne crois pas ?

4.

Olivia tortilla nerveusement une de ses boucles tout en relisant le texte qu'elle venait d'écrire.

C'était mauvais, tout simplement mauvais ! songea-t-elle, avec une grimace de frustration et d'impuissance.

Pourtant, il fallait qu'elle réussisse le lancement de cette ligne de prêt à porter destinée aux jeunes ! Cette campagne de publicité était essentielle pour elle : si elle obtenait le budget pour l'agence, son avenir était assuré. Elle gagnerait enfin l'estime de ses pairs et de tous ceux qui l'avaient toujours considérée comme une bonne à rien, et sa vie prendrait enfin un tour positif…

Son idée initiale était bonne, elle en était certaine, et c'est pour cette raison qu'elle avait été sélectionnée pour participer à la compétition. Elle avait en effet imaginé une campagne interactive par le biais des réseaux sociaux. Mais à présent, il fallait mettre ce projet novateur en forme, trouver des slogans, des idées directrices, et elle n'avançait pas. Voilà trois heures qu'elle se creusait la tête sans résultat…

Sans vouloir se l'avouer, elle savait que le fait de se retrouver à Paris la déstabilisait profondément et l'empêchait de réfléchir…

Ils étaient arrivés la veille au soir, et dès leur sortie du taxi elle avait eu l'étrange impression d'être projetée six ans en arrière. Elle se revoyait en pleurs, suppliant

Jacques de ne pas la quitter, et les souvenirs étaient si douloureusement précis qu'elle avait la sensation que la scène s'était passée la veille.

Elle avait tout essayé pour garder Jacques, pour qu'il l'aime encore, et pourtant il l'avait quittée sans ménagement, la laissant le cœur brisé.

Elle n'avait jamais compris pourquoi il s'était montré si dur, si impitoyable. Qu'attendait-il d'elle ? Elle l'ignorait, mais une chose était claire : malgré tous ses efforts, elle n'avait pas réussi à changer suffisamment pour conserver son amour.

Elle se redressa et poussa un soupir de lassitude.

Les souvenirs du passé étaient pénibles, mais le présent l'était tout autant. Pourquoi allait-elle d'échec en échec ? Pourquoi ne réussissait-elle pas à se faire aimer, des hommes comme de sa propre famille ? Sa mère avait déserté son foyer, son père l'avait toujours accablée de son mépris et de ses critiques. Seule Kim lui avait toujours donné la stabilité affective dont elle avait tant besoin…

Voilà pourquoi les derniers événements la perturbaient tant, pensa-t-elle. Elle ne reconnaissait pas sa sœur qui avait toujours été son unique point d'ancrage, un point d'ancrage qui tanguait dorénavant terriblement. Qu'allait-elle devenir si elle ne pouvait plus s'appuyer sur Kim, son roc ?

Comme si elle n'arrivait toujours pas à croire à ce qu'elle avait lu quelques minutes plus tôt sur son téléphone portable, elle regarda de nouveau l'écran.

Tout va bien, ne t'inquiète pas. Je ne peux pas rentrer tout de suite. Je suis désolée. Kim

L'appartement d'Alexander était magnifique, et sa vue sur la tour Eiffel, les toits de Paris et, au loin, le Sacré-

Cœur, époustouflante. En d'autres circonstances, Olivia aurait trouvé le spectacle merveilleusement romantique, mais en l'occurrence, elle n'avait même pas pris le temps d'en profiter, malgré le beau soleil.

Elle avait dormi dans la chambre d'amis, tandis qu'Alexander s'était retiré dans la sienne dès leur arrivée, après un rapide bonsoir.

Il était tard, elle avait besoin d'air, besoin de se changer les idées et d'arrêter de ressasser son manque d'inspiration, ses frustrations et ses horribles souvenirs. Le soleil brillait, Paris l'attendait, et elle devait aller de l'avant, même si elle ne s'était jamais sentie aussi perdue…

Elle ouvrit la porte de sa chambre et se dirigea vers le salon.

Installé sur le canapé, Alexander était en train de travailler sur un dossier. Il la salua d'un signe de tête et resta muet, exactement comme il l'avait été pendant presque tout le vol, se dit Olivia.

Elle en avait d'ailleurs éprouvé un intense soulagement : elle aurait eu du mal à parler de la pluie et du beau temps alors que Kim, d'une part, et Jacques d'autre part, occupaient toutes ses pensées. Probablement avait-il senti qu'elle n'était pas à prendre avec des pincettes, et c'était tant mieux.

Il se leva du canapé et devant le spectacle de son corps souple et nerveux, Olivia sentit une boule se former dans sa gorge. Il portait un jean qui accentuait encore la longueur de ses cuisses musclées, et un T-shirt moulant au col en V qui soulignait sa musculature d'athlète accompli.

Il était tout simplement renversant de séduction, dut-elle admettre tandis que son pouls s'accélérait dans ses veines.

Il s'approcha d'un pas et elle se ressaisit tant bien que mal. Sa réaction était ridicule, pensa-t-elle en réprimant un sentiment de culpabilité. Comment pouvait-elle oublier ainsi qu'Alexander était le fiancé de Kim ? Certes, c'était un très bel homme, mais tout de même !

— Alors, tu as bien dormi ? demanda-t-il de sa voix grave.

Elle se contenta de hocher la tête, passant sous silence sa nuit agitée, entrecoupée de cauchemars où Jacques et Kim se disputaient le premier rôle, et jeta un regard autour d'elle.

Le salon, spacieux et lumineux, était décoré de meubles de bois clair et de peintures abstraites aux couleurs vives. Le tout donnait une note de chaleur et de modernité à cet appartement aux moulures haussmanniennes et au parquet ancien.

— Bel endroit, murmura-t-elle comme pour elle-même.

— Tu trouves ? C'est Emily qui s'est chargée de le meubler. Je lui ai donné carte blanche, et je dois dire qu'elle s'en est bien tirée malgré son jeune âge. Elle est passionnée par la décoration, elle veut en faire son métier.

Olivia se remémora la sordide histoire familiale d'Alexander. A peine majeur, il avait obtenu en justice la garde de sa sœur, âgée de six ans à l'époque. Vu la notoriété de ses parents, acteurs en vue, l'affaire avait fait grand bruit, d'autant que le juge n'avait pas hésité un instant, le couple King s'étant toujours notoirement désintéressé de sa progéniture…

— Pourquoi Emily n'était-elle pas à la cérémonie ? demanda-t-elle soudain.

— Nous avons décidé elle et moi que c'était mieux ainsi. La situation entre elle et notre mère est suffisamment tendue pour qu'elle préfère rester dans l'ombre. Et de toute façon, étant donné le fiasco qu'a été le mariage, c'était mieux ainsi, n'est-ce pas ?

Il y eut un silence.

— Et à présent, où est-elle ?

— En voyage dans les Alpes avec son école, répondit Alexander d'un ton cassant.

Il ne précisa pas qu'il s'inquiétait terriblement pour sa sœur. En effet, il savait par ses détectives privés qu'Isabella s'était installée à Paris depuis trois mois. Comment ne pas imaginer qu'elle cherchait à récupérer la garde d'Emily, pensionnaire dans la capitale pour l'année ? Sa mère était capable de tout pour faire parler d'elle et redorer son blason, il le savait.

Quant à Kim, les meilleurs enquêteurs lancés à ses trousses étaient revenus bredouilles : elle restait introuvable…

En jetant un bref coup d'œil à Olivia, il nota sa pâleur, sa nervosité presque palpable. Peut-être était-ce le fait de se retrouver à Paris qui la perturbait ? pensa-t-il. Il savait par Kim qu'elle y avait vécu plusieurs mois avec un homme marié, de vingt ans son aîné, et qu'il l'avait quittée sans ménagement. Un autre de ses échecs, conclut-il : il n'allait pas pleurer sur son sort. D'ailleurs, il y avait longtemps qu'il ne pleurait plus sur le sort des autres…

— Tu permets ? lança-t-elle soudain. J'ai faim…

Elle se dirigea vers la cuisine américaine ouverte sur le salon et commença à ouvrir les placards. Elle avait toujours faim ! se dit Alexander en la fixant d'un œil agacé. Mais quand elle leva les bras pour attraper une tasse, dévoilant la chute de ses reins soudain dénudée entre sa minijupe et son T-shirt, son agacement se mua en excitation. Elle était décidément très sexy, pensa-t-il, incapable de détourner les yeux.

C'est elle qui rompit le charme.

— Tu me dis où sont les capsules de café ? demanda-t-elle en faisant volte-face.

Soudain calmé, il la rejoignit de l'autre côté du bar et prépara deux expressos.

— As-tu des nouvelles de Kim ? demanda-t-il en lui tendant sa tasse.

Elle hésita un instant, et il perçut son malaise. Allait-elle lui mentir, encore ?

— Oui, répondit-elle d'une voix mal assurée. Je viens d'avoir un texto. Elle dit juste qu'elle va bien.

Il la regarda déguster son café, vit sa poitrine se soulever, ses seins se tendre sous le coton du T-shirt. Ses cheveux relevés en queue-de-cheval lui donnaient un air juvénile, sa jupe trop courte révélait ses cuisses fuselées, elle ne paraissait pas ses vingt-cinq ans.

En fait, elle était l'exact opposé des femmes sophistiquées et sûres d'elles qu'il appréciait d'habitude. Elle n'était pas du tout son genre, et pourtant il était indubitablement attiré par elle.

Il esquissa un sourire ironique.

— Très bien ! dit-il, il y a du progrès ! D'abord tu viens de répondre à ma question au lieu de t'en tirer par une pirouette, et ensuite tu n'as pas essayé de t'échapper depuis près de... — il regarda sa montre — vingt heures...

Elle ne commenta pas sa remarque et s'installa sur le canapé en cuir grège du salon. Elle n'avait aucune envie de polémiquer avec Alexander...

Il s'assit à l'autre bout du canapé et la dévisagea comme un prédateur regarde sa proie.

— Emily a du talent, déclara-t-elle après avoir pris le temps d'observer meubles et tableaux. Elle a raison de vouloir en faire une carrière.

— Comme toi dans la publicité ?

— Je me lance, en effet, concéda-t-elle, et j'espère que je saurai me montrer à la hauteur des enjeux...

Et des critiques..., ajouta-t-elle en son for intérieur. Elle avait tant fait parler d'elle en termes peu élogieux que tout le monde l'attendait au tournant. Même Kim, pourtant pleine d'indulgence, avait eu du mal à croire à ses nouveaux projets, comme si elle la jugeait incapable de se fixer...

— En tout cas, on peut dire que tu as de multiples talents, poursuivit-il d'un ton acerbe. Pauvre petite fille riche, mannequin connu pour ses caprices, starlette de télé-réalité, et à présent publicitaire branchée! Impressionnant!

Olivia serra les lèvres, profondément atteinte par son persiflage. Mais pourquoi Alexander réagirait-il autrement que tous ces gens qui la jugeaient sans la connaître? Il était comme les autres, donneur de leçons, muré dans ses certitudes!

— Je ne te permets pas de faire ainsi mon procès, dit-elle d'une voix dont elle parvint à maîtriser le tremblement.

— Tiens donc? Parce que tu trouves que la situation est normale, que tu t'es bien comportée? Et qui me dit qu'il n'y a pas un homme en embuscade, un petit ami qui va venir me demander des comptes dans toute cette affaire où je ne suis pour rien? Par exemple le type qui t'a larguée à l'antenne, lors de ce dernier show de télé-réalité?

Olivia baissa la tête, blessée. Comment avait-il l'indécence de lui rappeler ce fâcheux épisode où elle avait été humiliée en public? Depuis lors, elle avait refusé tout contact avec les journalistes people, qui l'avait traînée dans la boue avec tant de délectation.

— Tout ça est derrière moi, et il n'y a pas de petit ami en embuscade, rassure-toi, reprit-elle. La seule personne qui m'intéresse, c'est Kim.

Elle fit une pause et lança un regard soucieux à Alexander.

— Je suis très inquiète, ajouta-t-elle d'une voix à peine audible. Tout ça ne lui ressemble pas… Tu dois être aussi inquiet que moi, bien sûr.

— Bien sûr, je suis inquiet, et j'essaie de comprendre. Avec Kim, j'ai toujours eu une relation fondée sur la compréhension, le respect, le dialogue…

— Et la passion dans tout ça? s'étonna Olivia.

— Je me suis toujours méfié de la passion… Elle aveugle, elle rabaisse, elle affaiblit. Je n'éprouve pas de passion pour Kim, en effet, et j'en suis fier. Mes sentiments pour elle sont beaucoup plus rationnels, plus réfléchis, plus solides.

Il se tut, laissant Olivia songeuse.

Avec quel détachement il parlait de ce qu'il éprouvait pour sa sœur ! se dit-elle, à la fois choquée et admirative. Choquée par un évident manque d'ardeur et de flamme, admirative devant ce contrôle, cette maîtrise, cette volonté de construire un couple stable dans un rapport de confiance.

Elle n'avait jamais connu ça, elle. Elle était trop impulsive, trop enflammée, trop entière pour ne pas se donner corps et âme, et elle en avait plusieurs fois payé le prix fort.

Peut-être était-ce lui qui avait raison ? Peut-être était-elle destinée à ne jamais trouver l'amour, la paix, le bonheur avec un homme ?

Soudain au bord des larmes, elle se leva et voulut s'en aller, mais Alexander la rattrapa par le poignet.

— Lâche-moi ! protesta-t-elle d'une voix sourde.

Elle tenta de se dégager, mais Alexander serra plus fort les doigts autour de son poignet. Déstabilisée, elle perdit l'équilibre et se retrouva tout contre lui.

Il ferma les yeux, bouleversé de sentir ses seins contre sa poitrine, le parfum délicieusement frais de ses cheveux, le battement affolé de son cœur.

Un instant, il faillit l'enlacer, prendre ses lèvres pulpeuses, pour découvrir le goût de sa bouche le temps d'un long baiser profond, mais trouva la force de résister aux forces primales qui l'assaillaient.

Le cœur battant, il fit un pas en arrière. S'il restait une seconde de plus collé à elle, il ne répondait plus de rien…

Il s'écarta d'elle à la hâte et elle le toisa d'un regard accusateur.

— Je crois qu'il vaudrait mieux que je parte, murmura-t-elle d'une voix sourde.

— C'est impossible ! Je suis invité à une réception officielle ce soir. Avec mon épouse, cela va sans dire. Et il n'est pas question que j'y aille seul… Nous avons conclu un accord, que tu as accepté, Olivia, et j'ai besoin de ta coopération. Ce chèque réussira peut-être à te convaincre, ajouta-t-il en tirant une enveloppe de sa poche.

Elle s'immobilisa, stupéfaite.

— Tu plaisantes ? s'écria-t-elle. Contrairement à ce que tu penses, je ne suis pas à vendre !

— Ecoute un peu avant de monter sur tes grands chevaux, ma chère belle-sœur ! rétorqua-t-il sur un ton goguenard qui exaspéra Olivia. Je te propose un chèque en échange de ta discrétion absolue. Personne ne doit savoir que tu es Olivia et non Kim.

— Tu me payes pour mon silence ? bredouilla-t-elle, outrée.

— C'est exactement ça. Je n'ai pas confiance. Avec toi, on ne sait jamais. Peut-être serais-tu capable de trahir la promesse faite à ta sœur si le jeu en valait la chandelle.

Elle le regarda, atterrée.

— C'est vraiment ce que tu penses de moi ? demanda-t-elle dans un souffle.

— Je sais que tu as besoin d'argent, et je prends mes précautions, voilà tout.

— Qui t'a dit que…

— J'ai mes informateurs. Tu dois six mois de loyer à ton bailleur, n'est-ce pas ?

Elle se tut, sonnée. Jusqu'où irait-il pour l'humilier, la rabaisser ?

— Je ne veux pas de ton argent.

Il éclata de rire.

— Alors tu es bien bête, Olivia ! Je te fais une proposition très alléchante, je te le rappelle ! Et de toute façon, tu es coincée avec moi jusqu'au retour de Kim ! Alors autant en profiter…

Il y eut un silence, pendant lequel Olivia réfléchit intensément.

— Au fond, tu as raison, reprit-elle d'une voix tout à coup étonnamment calme. Je n'ai pas le choix. Mais toi non plus, Alexander ! Et tu as encore plus besoin de moi que l'inverse. Alors j'accepte, mais à une condition : en plus du chèque, bien sûr…, conclut-elle avec un petit sourire de défi.

Surpris par ce retournement de situation et par l'aplomb avec lequel Olivia avait repris la main, Alexander resta muet. Décidément, avec elle, il allait de surprise en surprise !

— Ah oui ? Et quelle condition ?

— M'aider à obtenir le budget pour la nouvelle ligne de LifeStyle, asséna-t-elle d'une voix ferme.

Il mit quelques secondes à réagir. LifeStyle lui appartenait en effet, et il lui était facile d'influer dans un sens ou dans un autre sur le choix de l'agence de publicité.

— Non, dit-il.

— Avant de me traiter de tous les noms, je te demande de m'écouter. Il ne s'agit pas de me pistonner ! Nous faisons partie des finalistes, et je veux juste que tu m'aides à comprendre les tenants et les aboutissants de ce genre de campagne. Tout ça est nouveau pour moi, en fait…

— Alors d'accord, dit-il après un silence. Je te donnerai les conseils nécessaires. Mais ne te fais pas d'illusions : cette campagne est essentielle pour l'avenir de la société, et celui qui sera sélectionné sera le plus talentueux, le plus créatif, le plus imaginatif, et c'est tout. Tu seras en compétition avec des pointures, tu n'as aucune chance…

Elle se figea. Pourquoi ne pouvait-il s'empêcher de lui rappeler à la première occasion la piètre opinion qu'il avait d'elle ? s'interrogea-t-elle, partagée entre l'incompréhension et la rage.

— Nous verrons, marmonna-t-elle dans sa barbe.

Il se leva et se dirigea vers la porte.

— Je dois partir, je serai de retour dans quelques heures. Dans l'intervalle, tu vas avoir la visite d'un styliste personnel, qui t'aidera à te relooker.

Olivia écarquilla de grands yeux.

— Pourquoi ? balbutia-t-elle.

— Parce qu'il n'est pas question que tu te montres à mes côtés habillée comme tu l'es.

— C'est-à-dire ? rétorqua-t-elle d'une voix vibrant de colère.

Avec un T-shirt qui souligne tes seins de rêve, une jupe courte qui dévoile tes jambes au galbe parfait, tes cuisses fuselées, ton incroyable chute de reins…

Les mots s'étranglèrent dans sa gorge. Il perdait la tête…

— Kim ne s'habillerait pas comme ça, expliqua-t-il d'une voix qui n'admettait pas de réplique. C'est une raison suffisante, me semble-t-il. Je te rappelle que pas plus que moi, par solidarité avec ta sœur, tu n'as intérêt à ce que la supercherie soit mise au jour… J'en profite pour te préciser que pour une fois, tu devras surveiller ta conduite. Tu n'abuseras pas de l'alcool, tu ne flirteras pas avec le premier venu, tu feras preuve de retenue.

— Toujours très fort quand il s'agit de donner des leçons de morale, Alexander ! rétorqua-t-elle d'une voix sifflante. Pour Kim, je me résignerai à tout. Même au supplice d'endurer ta compagnie…

Très élégant dans son costume Armani, Alexander ajusta son nœud de cravate. Sa réunion avait duré plus longtemps que prévu, et il avait à peine eu le temps de se changer pour la soirée.

Il jeta un coup d'œil à sa montre. Olivia avait intérêt à être prête, car il fallait partir.

A cet instant, la porte du salon s'ouvrit, et elle apparut. Il en eut littéralement le souffle coupé. Elle était métamorphosée…

Sa coiffure, d'abord : ses boucles rebelles s'étaient

assagies comme par miracle, rassemblées en catogan dans sa nuque, une coiffure qui soulignait la pureté de ses traits, la grâce de ses yeux en amande, le dessin sensuel de sa bouche. Sa robe de cocktail de soie rouge alliait un décolleté plongeant qui mettait en valeur sa poitrine généreuse et une jupe corolle qui virevoltait autour de ses longues jambes. Des sandales en cuir doré parachevaient son élégante tenue.

Elle avait une allure folle et, bien que sa robe soit des plus classiques, il émanait de toute sa personne une sensualité qui l'éblouissait. Au-delà des vêtements et de tout artifice, elle était terriblement sexy…

Il se força à détourner le regard, mal à l'aise. Elle ne devait à aucun prix deviner l'effet, certes purement physique, qu'elle avait sur lui.

Elle s'immobilisa sur le pas de la porte, étonnée de son silence, de sa pâleur soudaine.

Peut-être n'appréciait-il pas sa tenue ? Dans ce cas, il ne pourrait s'en prendre qu'à la styliste, se dit-elle. Elle n'avait quasiment pas eu voix au chapitre.

Mais alors qu'elle attendait une remarque acerbe, il s'avança vers elle en silence.

Elle scruta ses traits virils, en vain : son visage était sans expression, comme s'il s'interdisait de manifester une quelconque émotion, ce qui était en conformité avec ce qu'il venait de lui expliquer : ne lui avait-il pas avoué qu'il détestait toute forme de sentimentalisme, et que son seul but était le contrôle parfait de lui-même ?

Quand il lui prit la main et l'attira à lui, elle sentit une vague de chaleur l'envahir. Que se passait-il ? Et que se passerait-il si…

Il ne la laissa pas aller au bout de ses pensées.

Tirant de sa poche alliance et bague de fiançailles, il les passa l'une après l'autre au doigt d'Olivia.

Stupéfaite, elle se laissa faire. Peut-être était-ce pousser la comédie un peu loin, mais au point où ils en étaient…

Il la regarda et, l'espace d'un instant, elle s'imagina l'enlaçant, cherchant ses lèvres, se ressourçant à son souffle…

Alors il s'écarta, comme s'il craignait de ne pouvoir se retenir.

— Tu porteras ces bagues jusqu'au retour de Kim, indiqua-t-il, le souffle court. Il est l'heure, on y va ?

5.

Olivia s'adossa voluptueusement contre le cuir moelleux de la banquette arrière. La limousine filait sans bruit à travers les rues de Paris, et jamais la présence d'Alexander, assis à ses côtés sur la banquette arrière, ne l'avait autant déstabilisée.

Il avait les yeux mi-clos, et elle songea qu'elle n'avait jamais vu un homme doté d'aussi longs cils. Elle ne pouvait déchiffrer son expression, mais de temps à autre il tournait la tête vers elle, leurs regards se croisaient et il lui semblait qu'elle allait s'évanouir.

Etait-ce le fait d'être assise si près de lui qui la troublait, de sentir son parfum enivrant, de savoir que leurs cuisses n'étaient qu'à quelques centimètres l'une de l'autre ? Ou bien encore l'étincelle qui brillait dans son regard quand il la fixait, et qui lui prouvait qu'elle ne lui était pas indifférente ?

L'atmosphère dans l'habitacle se fit plus lourde, la tension plus pénible. Elle éprouva soudain l'envie irrépressible de se pencher vers lui, de lui demander un baiser… qu'il lui aurait accordé, elle en était certaine.

Elle détourna la tête vers la vitre et y aperçut son reflet. Elle se reconnaissait à peine…

Tout l'après-midi, elle avait été pomponnée par une maquilleuse, une coiffeuse, une manucure, et elle avait adoré ça. Pour elle, qui ne roulait pas sur l'or, c'était si inhabituel d'être l'objet de tant de soins !

Elle avait endossé avec une étonnante facilité sa nouvelle

identité de femme du monde, et n'avait pas boudé son plaisir quand elle avait compris qu'Alexander appréciait sa métamorphose.

Elle lui plaisait, elle en était certaine, songea-t-elle, en se mordant la lèvre inférieure dans un geste qui trahissait sa nervosité. Et le pire était que c'était réciproque...

Et Kim, dans tout ça ?

Comment oserait-elle la regarder en face quand elle la verrait au bras de son mari, ce même Alexander qui déclenchait en elle une vague de chaleur à chaque regard trop appuyé ?

La culpabilité la terrassa, et elle serra les poings, anéantie.

Par bonheur, la voiture s'arrêta à cet instant, interrompant ses sombres pensées. Elle pensa qu'ils étaient arrivés, mais elle se trompait. Un homme sortit de la boutique devant laquelle ils étaient garés et Alexander lui ouvrit sa portière. Après avoir échangé quelques mots avec lui, l'homme lui tendit une petite boîte et s'éclipsa. La voiture repartit aussitôt.

Surprise, Olivia attendait une explication d'Alexander, mais il se contenta d'ouvrir la boîte, d'en sortir un écrin et de le tendre à Olivia.

— Voilà qui ira parfaitement avec ta robe...

Les mains tremblantes, elle souleva le couvercle en cuir rouge et découvrit un pendentif au diamant si pur qu'elle en eut le souffle coupé.

— Mais, Alexander... Pourquoi ?

Le cœur battant, ayant perdu toute conscience de la réalité, elle s'attendait presque à ce qu'il lui dise qu'il voulait mettre en valeur sa beauté.

Mais naturellement, il n'en fit rien.

— Kim aurait porté un bijou comme celui-là, voilà tout, asséna-t-il, pragmatique.

Réprimant un frisson, elle le laissa lui passer le collier autour du cou, et il lui sembla que ses doigts s'attardaient plus que nécessaire contre sa peau.

Mais quand il eut terminé et qu'elle croisa son regard, il était indéchiffrable.

Elle joua un moment avec le diamant niché dans son cou, en plein désarroi. Pourvu qu'ils arrivent bientôt ! Elle n'avait pas la moindre envie d'assister à cette soirée, mais elle avait hâte de quitter enfin cette voiture où elle avait l'impression que tout pouvait arriver.

Elle prit une profonde inspiration et recouvra un peu de calme.

— Tu n'as jamais voulu être acteur ? demanda-t-elle d'un ton tout à coup parfaitement neutre.

— Pourquoi cette question ?

— Parce que tu es le fils d'acteurs oscarisés et que tu aurais pu vouloir suivre leur voie. Et aussi parce que tu as le physique adéquat.

Il y eut un silence, et la tension monta d'un cran dans l'habitacle. Pourquoi ne réfléchissait-elle pas avant de parler ? songea-t-elle, agacée.

— Est-ce un compliment ? demanda-t-il, un sourire amusé aux lèvres.

Ils échangèrent un regard complice et Olivia se détendit soudain.

— Oui, tout à fait. Je ne t'apprendrai rien en te disant que tu es très bel homme, n'est-ce pas ?

Il eut un petit rire.

— Quoi qu'il en soit, je n'ai jamais voulu être acteur, je te l'assure. Ce métier a détruit mes parents et je l'ai pris en horreur dès ma plus tendre enfance.

— Tu vois toujours tes parents ? interrogea Olivia.

Elle craignit d'avoir été trop loin. Alexander ne se livrait jamais, comment avait-elle pu l'oublier ? C'était déjà incroyable qu'il ait accepté de lui parler de son enfance…

— Non, répondit-il d'une voix soudain distante, un éclat métallique dans le bleu profond de ses yeux.

Il ne souhaitait pas plus évoquer ses parents qu'elle-même son passé sulfureux, et elle pouvait le comprendre. Comme elle, il avait vécu des événements familiaux traumatisants. Sa mère n'avait-elle pas blessé son père par balles après une soirée trop arrosée, comme Kim le lui avait avoué ? Il avait eu lui aussi son lot de violence et de scandales.

A sa grande surprise, Alexander reprit soudain la parole sur le même sujet.

— Ils n'étaient pas faits pour être parents, fit-il observer d'une voix détachée. Ils n'étaient préoccupés que d'eux-mêmes, et nous avons été élevés ma sœur et moi par des domestiques et des nounous. Et dès que nous avons atteint l'âge requis, on nous a envoyés en pension. De la vie de famille, je n'ai connu que le conflit, les cris, les scènes… Comme au théâtre dans un vaudeville, mais en beaucoup moins drôle…, conclut-il avec une ironie amère.

— Moi, j'aurais presque préféré que ma mère tire sur mon père au lieu de nous abandonner, murmura-t-elle tout à coup, comme pour elle-même.

— Pourquoi est-elle partie ?

Olivia plongea son regard dans celui d'Alexander.

— Tu n'as jamais demandé à Kim ?

— J'ai compris que ça lui était douloureux d'évoquer le sujet, alors je n'ai pas insisté.

A bout de force morale et physique, leur mère les avait abandonnées, en effet, mais elle avait avant tout fui leur père, ses colères, son despotisme, laissant ses jumelles à sa merci, songea Olivia, le cœur serré. Et la douleur était encore très vive…

— Donc, vous ne vous parlez pas de vos problèmes familiaux, conclut-elle d'un ton railleur. Mieux vaut se voiler la face et ne pas aborder les sujets désagréables, n'est-ce pas ? C'est tellement plus simple pour préserver son couple !

Elle s'interrompit un instant.

— En réalité, Kim a beaucoup souffert du départ de notre mère, reprit-elle comme si elle se parlait à elle-même. Elle s'est senti trahie et ne lui a jamais pardonné. Et c'est moi qui suis devenue le souffre-douleur de mon père…

— Tu as pardonné, toi, à cette mère qui vous a laissées entre les mains d'un caractériel ?

— Je pense qu'elle était si malheureuse qu'elle n'avait plus le choix, répondit Olivia après quelques secondes de réflexion. Mon père ne cessait de l'accabler de reproches, particulièrement lorsque je faisais des bêtises, alors que Kim était toujours sage comme une image. J'ai été un élément perturbateur supplémentaire dans leur vie de couple…

— Tu n'as pas à te sentir coupable, Olivia ! protesta Alexander avec vigueur. Tu étais une enfant, une victime ! C'est elle qui aurait dû se battre, pour elle, pour vous.

Il se tut, gagné par l'émotion. Les paroles d'Olivia le renvoyaient à sa propre culpabilité d'enfant. Longtemps, il s'était senti responsable de la mésentente entre ses parents. C'est au prix d'un long travail sur lui-même qu'il avait enfin compris qu'il n'y était pour rien, et qu'il avait fait la paix avec lui-même, au moins sur ce point. A l'évidence, Olivia n'avait pas encore parcouru ce chemin…

Elle semblait si désemparée qu'il éprouva soudain l'envie de la serrer dans ses bras pour la réconforter, de lui caresser les cheveux… Mais il n'en fit rien.

— Malheureusement, je n'ai pas la force de Kim, balbutia-t-elle alors d'une voix à peine audible.

— Détrompe-toi, Olivia, tu es forte, j'en suis certain, lança-t-il avec conviction.

Elle eut un petit sourire triste.

— Alors tu ne m'as pas vue prendre la fuite à l'arrivée de mon père à la réception… Je n'en menais pas large…

— Je peux le comprendre, enchaîna Alexander. Ton père est un malade, et parfois il vaut mieux se protéger qu'affronter un adversaire qu'on sait ingérable.

Sa remarque la rasséréna. Elle se reprochait tant son manque de courage face à son père ! Peut-être Alexander avait-il raison ? Peut-être la sagesse lui dictait-elle de l'éviter, sachant que tout dialogue avec lui était impossible ? Kim, en tout cas, avait résolu le problème en restant distante, sans pour autant couper les ponts. Elle aurait bien aimé avoir cette capacité à prendre du recul par rapport aux situations conflictuelles…

— Nous sommes arrivés ! annonça tout à coup le chauffeur.

La façade du Ritz brillait de tous ses feux, la colonne Vendôme se dressait fièrement au centre de la place, entourée de somptueuses boutiques de joailliers : le spectacle était féerique.

Ils furent reçus avec une déférence prouvant si besoin était à quel point Alexander était un personnage important. La vaste salle aux plafonds dorés, au parquet Versailles, aux gigantesques lustres de cristal acheva d'impressionner Olivia. Serait-elle à la hauteur ? s'interrogea-t-elle avec la même nervosité qu'elle avait eue adolescente en accompagnant son père à des réunions officielles.

Elle tira sur sa robe, et sa fébrilité n'échappa pas à Alexander.

— Tout va bien, lui glissa-t-il d'un ton rassurant. Tu es ravissante, et parfaitement dans le ton…

Elle releva la tête et lui sourit avec soulagement. Il semblait avoir le don de lire dans ses pensées… et de trouver les mots pour la réconforter.

— Au fait, pourquoi sommes-nous là ? demanda-t-elle tout à coup. Pour que les journalistes puissent prendre en photo le couple de l'année ?

— Non. C'est un cocktail professionnel très important pour moi. Et je ne pouvais décemment pas venir sans ma toute nouvelle épouse… Tu vas rencontrer Henry McIntyre, notre hôte, qui souhaite que je rachète sa compagnie. Tu es Kim, ne l'oublie pas…

Il la prit par la taille avec un parfait naturel et l'entraîna à travers la vaste pièce vers le buffet. Les invités, une coupe de champagne à la main, discutaient avec animation, rivalisant de distinction et d'élégance. Olivia remercia mentalement Alexander d'avoir insisté pour la relooker : elle était effectivement dans le ton…

Henry McIntyre se précipita vers elle, tout sourire…

— Ravie de vous accueillir, madame King, et toutes mes félicitations pour votre mariage ! s'écria-t-il. J'ai eu vent de vos derniers succès, vous êtes vraiment une femme d'affaires remarquable !

Olivia sourit, en espérant que son interlocuteur ne s'appesantirait pas sur le sujet. Elle savait que la société de sa sœur marchait bien, mais ignorait tout de son fonctionnement.

Par bonheur, il se mit à discuter aussitôt avec Alexander, la laissant en paix. Elle l'avait échappé belle…

Elle était à côté d'Alexander, une coupe de champagne à la main, quand elle le vit soudain blêmir.

Suivant son regard, elle aperçut un élégant couple d'âge mûr qui s'avançait vers eux. Elle reconnut aussitôt l'homme et la femme pour les avoir vus de nombreuses fois en photo ou au cinéma : Nicholas King et Isabella Fiori, les parents d'Alexander et Emily.

Alexander jeta un regard courroucé à son hôte : si ses parents étaient présents, c'est parce que Henry les avait invités : on n'entrait pas au Ritz comme dans un moulin…

— Ne m'en veuillez pas, Alexander, murmura Henry, mal à l'aise, Isabella m'a supplié de la laisser vous rencontrer…

— Vous allez le regretter, Henry, assena Alexander d'une voix aussi dure que la pierre. Je déteste être mis devant le fait accompli. Vous devrez trouver un autre acheteur pour votre compagnie ! Je me désengage…

Le silence se fit tout à coup dans la salle.

Tous étaient au courant du différend entre le fils et ses parents, puisqu'il avait été porté en justice et maintes fois relayé dans la presse. Et tous retenaient leur souffle avec une sorte d'excitation malsaine, pressés de voir comment allait tourner la confrontation.

Alexander, blanc comme un linge, semblait sur le point de se trouver mal, ce qui bouleversa Olivia. Cédant à un irrépressible besoin de lui porter secours, elle lui prit la main et se serra contre lui pour lui insuffler du courage. Il se détendit aussitôt. Elle leva la tête, et leurs lèvres se rencontrèrent pour un baiser aussi intense que bref. Leurs souffles se mêlèrent, et tout à coup elle oublia la foule élégante des gens qui les regardaient, la présence presque menaçante du couple King, pour mieux savourer chaque seconde de ce moment d'exception.

Puis, comme s'il reprenait brutalement conscience de la réalité, Alexander s'écarta d'elle. Elle recula de quelques pas, toujours inquiète, mais constata qu'il avait repris des couleurs.

Nicholas King et Isabella Fiori faisaient à présent face à leur fils.

— Bonjour, Alexander, lança Isabella de sa mélodieuse voix d'artiste. Je suis heureuse de te voir.

Encore très belle, elle était vêtue avec un extrême raffinement. Son maintien était altier, son port de tête magnifique, et Olivia songea qu'elle était en représentation, comme sur une scène de théâtre. Probablement était-ce devenu chez elle une seconde nature…

— Ce plaisir n'est pas partagé, tu le sais. Alors ne tournons pas autour du pot. Dis-moi plutôt ce que tu veux de moi, assena Alexander, la mâchoire serrée.

— Je voulais t'annoncer que ton père et moi nous sommes remariés, déclara-t-elle avec un sourire suave.

— Vraiment ? Mais encore ?

— Et que nous voulons voir Emily.

Dans la salle, on aurait entendu une mouche voler. Tous les regards étaient tournés vers Alexander.

Pas un muscle de son visage ne bougea, mais Olivia, qui était à ses côtés, perçut son extrême tension.

— Il n'en est pas question ! décréta-t-il.

Et sans laisser à sa mère le temps de répondre, il posa la main sur le bras d'Olivia et l'entraîna vers la sortie dans un silence sépulcral.

6.

Pendant le trajet de retour, Alexander, la mine sombre, passa son temps sur son téléphone portable, et ils n'échangèrent pas un mot.

Une fois dans l'appartement, il gagna aussitôt sa chambre en marmonnant un rapide bonsoir, laissant une Olivia totalement désemparée. Perturbée par la pénible scène à laquelle elle venait d'assister, elle n'avait pas la moindre envie de dormir.

Elle avait au contraire besoin de parler, d'échanger avec Alexander pour tenter de comprendre d'une part, pourquoi ses rapports avec ses parents étaient aussi exécrables, et d'autre part, quels étaient les enjeux réels pour Emily. Elle ôta ses sandales, soulagée de se débarrasser enfin de ses hauts talons, et ouvrit grand les baies vitrées. Elle avait besoin d'air, au propre comme au figuré…

La légère brise nocturne l'apaisa, le spectacle fascinant de Paris endormi et de la tour Eiffel illuminée parvint à la distraire quelques instants.

Mais ce répit ne dura pas. Il fallait qu'elle parle à Alexander, qu'elle lui pose les questions qui la taraudaient, pour dissiper le malaise qu'avait provoqué en elle cette pénible confrontation entre la mère et le fils.

Alors, n'y tenant plus, elle frappa discrètement à la porte de sa chambre.

Pas de réponse…

Etonnée, elle entra sur la pointe des pieds. La pièce

était vide, et elle comprit en entendant le bruit de l'eau qu'il prenait une douche.

Le grand lit était défait…

Soudain, la gorge sèche, elle l'imagina nu sur les draps de lin, et son rythme cardiaque s'accéléra brusquement.

Elle entendit toussoter derrière elle et sortit de sa torpeur. Ce qu'elle vit acheva de la déstabiliser.

Seule une serviette-éponge nouée autour de ses hanches cachait sa nudité. Ses longues jambes hâlées lui donnaient une grâce féline, ses épaules musclées, son large torse de sportif accompli exprimaient la puissance et la force d'un homme en pleine possession de ses moyens. La toison brune qui lui recouvrait la poitrine soulignait son affolante sensualité.

Olivia, fascinée, ne pouvait détourner les yeux.

D'une main fébrile, il passa la main dans ses cheveux encore humides et se mordit la lèvre dans un geste qui trahissait son trouble.

— Va-t'en, Olivia, murmura-t-il d'une voix rauque. Va-t'en, je t'en prie…

Une boule se forma dans la gorge de la jeune femme.

Fuir, c'était la seule chose à faire en effet, pensa-t-elle, effrayée par la violence de sa propre réaction. Courir, vite, le plus vite possible, le plus loin possible, et mettre le plus de distance entre eux pour éviter de céder à l'envie folle de se jeter dans ses bras…

La raison lui enjoignait de s'éloigner de lui, mais à cet instant, il n'était pas question d'être raisonnable. A dire vrai, elle n'était même pas capable d'avoir une pensée cohérente : elle était littéralement dans un état second, imperméable à toute logique, à toute réflexion.

Elle ne bougea pas.

Une vague de chaleur l'envahit jusqu'au cœur de sa féminité, et elle chancela. Avec ses yeux au bleu intense, son visage aux traits racés, son corps d'athlète accompli, Alexander était l'incarnation même de l'amant idéal, de l'homme qui faisait fantasmer les femmes.

Celui dont elle avait toujours rêvé…

— Arrête de me regarder ainsi ! lança-t-il. Si tu ne sors pas de cette pièce à l'instant, je ne réponds plus de moi.

La vague de chaleur s'accentua, la laissant pantelante. Mais elle ne lui obéit pas pour autant.

— Je ne partirai pas tant que tu ne m'auras pas expliqué ce qui se passe entre toi et tes parents, parvint-elle à articuler.

— Mes rapports avec mes parents ne te regardent pas, rétorqua-t-il sèchement.

Elle ne se laissa pas démonter.

— Si, dans la mesure où c'est toi qui as insisté pour que je te suive à Paris, et que je suis témoin malgré moi de scènes que je ne comprends pas. Tu n'as qu'à te dire que plus tôt tu me répondras, plus tôt je m'en irai ! Quand as-tu vu tes parents pour la dernière fois ?

— Il y a neuf ans, au tribunal, marmonna-t-il de mauvaise grâce.

Neuf ans sans voir ses parents ! Pas étonnant qu'il ait eu l'air si choqué de les retrouver.

— Tu savais qu'ils étaient à Paris ?

— Oui. Le bruit court qu'Isabella veut me poursuivre en justice pour récupérer la garde d'Emily.

— C'est pour ça que tu m'as obligée à venir ? Pour éviter qu'un scandale ne te nuise dans l'éventualité d'un procès ?

— Exactement. Tu ne connais pas ma mère, elle n'a aucun scrupule, aucune moralité. Elle est capable de me traîner dans la boue pour gagner la bataille qu'elle a engagée contre moi. Si elle savait quelque chose au sujet de toi et Kim, elle serait trop contente de l'utiliser contre moi. Voilà pourquoi, en effet, il était essentiel que tu viennes à Paris…

— Tu ne noircis pas un peu le tableau ?

Hors de lui, il s'avança et la saisit par le bras.

— Isabella est capable de tout, mets-toi bien ça dans la tête, expliqua-t-il d'une voix coupante. Sauf, bien sûr, de remplir ses devoirs de mère : ça, elle n'a même jamais essayé… Tu veux encore des explications ou ça te suffit ? acheva-t-il avec une agressivité à peine contrôlée. Vas-tu enfin me laisser en paix ?

L'homme qui lui faisait face n'était plus le même que celui qu'elle avait côtoyé sur l'île, cet individu incapable d'émotions et parfaitement maître de lui-même, songea tout à coup Olivia, surprise de le voir ainsi perdre son sang-froid.

Ses retrouvailles avec sa mère l'avaient transformé : il était non seulement sous le coup d'une colère noire, mais il souffrait, c'était évident.

Mais comment n'aurait-il pas souffert alors qu'il n'avait jamais eu de mère digne de ce nom ? se dit-elle. Elle était bien placée pour comprendre ce qu'il ressentait, hélas !

A cet instant, elle n'éprouvait plus que compassion pour lui. Elle aurait tant voulu l'aider !

— Non, je ne te laisserai pas, rétorqua-t-elle fermement.

Il la foudroya du regard.

— Et pourquoi ça ? demanda-t-il.

— Parce que tu as besoin de parler, d'extérioriser la rage qui te mine. Tu ne peux pas garder ça en toi, Alexander.

Leurs regards se croisèrent, soudain terriblement aigus.

— Tu veux savoir ce qui me ferait du bien ? demanda-t-il après un silence.

Sa voix était sourde, ses yeux brillaient d'un éclat éloquent : les jambes d'Olivia se dérobèrent sous elle, son cœur se mit à battre la chamade.

Alors, sans lui laisser le temps de réagir, il l'attira à lui et la plaqua contre son corps viril, lui coupant le souffle.

Bouleversée, elle songea qu'elle allait enfin être à lui, que le désir fou qui la taraudait allait être comblé. C'était une folie qu'elle regretterait, mais elle était incapable de résister aux forces qui la poussaient vers lui.

— Tu ne réponds pas ? insista-t-il. Eh bien, je vais te le dire… J'ai envie de t'embrasser, de t'arracher cette robe, de t'entraîner sur le lit et de te posséder jusqu'à l'aube.

Jusqu'à ce que, épuisé par l'amour, je sois incapable de penser…

Il s'écarta légèrement et la fixa avec une insistance qui décupla son émotion.

Ils étaient sur le fil du rasoir, pensa-t-elle, au supplice. Si elle ne réagissait pas tout de suite, elle ne pourrait plus arrêter le raz-de-marée de sensualité qui déferlait sur eux.

— Ce n'est pas avec moi que tu veux faire l'amour, Alexander, balbutia-t-elle, mais avec Kim…

Il y eut un silence.

— Il n'y a plus une seule seconde où je te prends encore pour Kim, précisa-t-il d'un ton grave.

Il maîtrisa difficilement un spasme de désir. Avec son corps de rêve, sa bouche pulpeuse, ses seins hauts et fermes, elle était si belle ! Si belle qu'elle avait sur lui un effet incontrôlable, comme aucune femme avant elle.

Il avait d'abord pensé qu'il s'agissait d'une simple réaction physique, qu'il était émoustillé comme il l'aurait été par n'importe quelle jeune et jolie fille. Mais il réalisait à présent que l'attirance qu'il éprouvait pour elle était bien plus qu'une simple histoire de libido.

Tout cela était inquiétant, très inquiétant. Pour la première fois de sa vie, il se retrouvait en situation de faiblesse face à une femme, et il n'aimait pas cette sensation.

— Qui te dit qu'elle ira jusqu'au procès ? suggéra-t-elle enfin, brisant le silence pesant qui s'était établi dans la pièce. Peut-être ta mère veut-elle seulement voir Emily ?

Devant son évidente compassion, sa volonté de l'apaiser, il retint un sourire. Il était si peu habitué à susciter ce genre de sentiments chez autrui, et encore moins chez une femme, qu'il ne savait comment réagir. Jamais on ne s'était intéressé ainsi à ce qu'il ressentait, jamais on n'avait deviné ses souffrances intimes.

Ce qui n'avait rien d'étonnant, puisque d'ordinaire, par principe, il ne se laissait jamais aller…

Pourquoi dérogeait-il à la règle qu'il s'était fixée, qui plus est avec Olivia, dont il aurait dû à tout prix continuer à se méfier ?

Il aurait dû rester de marbre, mais revoir Nicolas et Isabella l'avait dévasté.

Soudain lui étaient revenus à la mémoire les souvenirs du passé, de l'enfant solitaire et en mal d'affection qu'il avait été, auquel personne ne s'intéressait en dehors des domestiques. Il avait tenté de trouver une place au sein de cette famille impossible, tenté de se faire aimer de ces parents aux egos exacerbés, seulement préoccupés d'eux-mêmes et de leur carrière… et il avait échoué.

La blessure était toujours là, même s'il voulait se persuader du contraire, et ce face-à-face inattendu avec ses parents l'avait ravivée.

Olivia continuait à le dévisager d'un regard plein d'empathie, et sa sollicitude lui alla droit au cœur. Il comprit soudain qu'il avait besoin de l'aide qu'elle lui offrait. Elle était merveilleusement vivante, compatissante, chaleureuse… Il voulait se ressourcer à son contact, ne plus penser qu'au bonheur de la tenir dans ses bras, découvrir la douceur de sa peau veloutée, le goût de ses baisers, pour chasser enfin les cruels fantômes du passé.

Non ! se dit-il soudain, serrant les poings.

Il n'était pas question de s'abandonner ainsi, de céder à la faiblesse, à la facilité. Il ne souhaitait pas qu'on le plaigne, qu'on l'entoure, qu'on le prenne en pitié ! Depuis son plus jeune âge, il avait compris qu'il ne devait pas compter sur les autres, et avait géré seul son existence.

Jusque-là, cette stratégie lui avait plutôt bien réussi : il n'y avait donc aucune raison d'en changer. Se dévoiler, n'était-ce pas se mettre en danger, montrer ses failles, au risque qu'on exploite sa fragilité, qu'on le mette en difficulté ?

Pas question de courir ce genre de risque. De toute

façon il savait depuis longtemps que sa mère ne l'aimerait jamais, alors le sujet était clos.

Il se reprit aussi vite qu'il s'était laissé aller.

— Reste en dehors de tout ça, Olivia, tu veux bien? lui lança-t-il sans ménagement.

Elle sentit sa défiance, mais ne s'avoua pas vaincue. Les traits marqués par l'émotion, elle s'approcha de lui et posa la main sur son avant-bras.

— Tu es blessé, Alexander. Elle ne t'a pas demandé de tes nouvelles, elle n'a…

— Stop! coupa-t-il avec violence. Ce n'est pas parce que je t'ai dit que j'avais envie de faire l'amour avec toi que tu dois te croire autorisée à pleurer sur mon sort…

Elle reçut ses paroles comme une gifle.

— Mais…

— Arrête, je te dis, coupa-t-il. Je n'ai que faire de tes jérémiades, de tes larmoiements. Si tu n'avais pas manigancé cette supercherie avec Kim, tu n'aurais jamais assisté à cette scène. Alors n'en fais pas trop, je te le conseille! Tu es une étrangère pour moi, et tu le resteras : tu n'as aucune légitimité à t'immiscer dans mes histoires de famille.

Son regard était si haineux, sa voix si chargée de mépris qu'elle faillit s'effondrer. Mais un dernier sursaut d'orgueil l'en empêcha.

— Très bien, déclara-t-elle d'une voix crispée. Malgré les apparences, je te croyais finalement capable d'éprouver des émotions, des sentiments, mais je me suis trompée. Merci de m'avoir rappelé que tu as tout du robot et rien de l'être humain, Alexander.

Elle se redressa de toute sa taille et le toisa d'un regard de défi.

— Et je ne te souhaite pas une bonne nuit! ajouta-t-elle avant de quitter la pièce.

7.

Assise à une terrasse face à l'appartement d'Alexander, Olivia dégustait un café et un croissant comme une vraie Parisienne.

L'après-midi tirait à sa fin, l'air d'une extrême douceur embaumait du parfum des tilleuls tout proches, et le soleil jetait ses derniers rayons sur les façades ouvragées des immeubles haussmanniens. La ville était si belle qu'elle ne pensait même plus à Jacques.

S'il n'y avait pas eu Alexander, elle se serait sentie parfaitement bien…

En effet, après plusieurs nuits blanches passées sur sa planche à dessins et son carnet de notes, son projet de campagne de publicité avait enfin pris son envol. L'inspiration était de retour, elle avait trouvé un thème, un élan, une direction. Non seulement, elle serait prête en temps et en heure, mais, en toute modestie, elle était fière de ce qu'elle avait réalisé.

Depuis leur arrivée, près d'une semaine auparavant, Alexander avait passé toutes ses journées dehors, retenu par ses affaires. Ils se retrouvaient le soir pour des dîners ou des soirées plus ou moins officiels, où elle continuait à se comporter comme sa jeune épouse.

Après leur altercation, le premier soir qui avait suivi l'irruption de Nicolas et d'Isabella King, l'attitude d'Alexander avait changé. Il était distant, impénétrable, mais aussi étonnamment courtois et attentionné. Comme s'il ne voulait rien partager de trop personnel avec elle…

Conformément à leur accord initial, il lui avait donné des conseils précieux pour son travail, et l'avait lancée sur la bonne voie. Son projet lui devait beaucoup.

Certains soirs, non content de lui donner des idées, il lui avait même préparé un café pour l'aider à rester à son bureau tard dans la nuit. Une fois, la trouvant endormie devant son ordinateur, il avait été jusqu'à la mettre au lit comme il l'aurait fait avec une enfant…

En bref, il avait avec elle un comportement exemplaire, et elle aurait dû s'en réjouir.

Mais ce n'était pas le cas…

Depuis qu'elle avait découvert que, contrairement aux apparences, il était aussi un être de souffrance, avec ses failles, ses frustrations, ses limites, depuis qu'il avait admis son attirance pour elle, elle ne cessait de penser à lui. Et de s'en vouloir…

Jusqu'à preuve du contraire, Alexander restait le mari de Kim, Kim l'aimait, et elle devrait naturellement s'effacer à son retour. Comment pouvait-elle trahir ainsi sa sœur, ne serait-ce qu'en pensée ? C'était abject, indigne !

— Tu te caches ?

Olivia sursauta.

Debout devant elle, Alexander lui masquait le soleil, et elle réprima un frisson en apercevant sa haute silhouette virile. Il portait une chemise blanche qui mettait en valeur son teint hâlé, et l'azur de ses yeux lui parut soudain insondable.

— Non, je ne me cache pas, protesta-t-elle. Je me régale d'un délicieux croissant…

Elle approcha la dernière bouchée de ses lèvres, mais il s'interposa. Il lui prit le poignet et, d'un geste décidé, dirigea sa main vers sa propre bouche. Alors, avec gourmandise, il engloutit le croissant, non sans avoir effleuré de ses lèvres les doigts d'Olivia.

Affolée, elle vit sa pomme d'Adam monter et descendre

tandis qu'il avalait, sa langue passer sur ses lèvres en un mouvement d'une incroyable sensualité. Une vague de chaleur la submergea.

— Alexander…, murmura-t-elle, bouleversée. Tu es si étrange parfois ! Si proche, et en même temps si lointain… Qu'attends-tu de moi ? Si je suis ici, c'est simplement parce que Kim me l'a demandé ! Même si, tu le sais aussi bien que moi désormais, je me suis attachée à toi…

Elle s'interrompit, en plein désarroi.

— Face à toi, je suis fragile, ajouta-t-elle d'une voix à peine audible. Tu ne dois pas jouer avec moi…

Il darda sur elle un regard brûlant.

— Il ne s'agit pas d'un jeu, Olivia, expliqua-t-il d'une voix sourde. Je ne comprends pas ce qui m'arrive. Face à toi, je perds tous mes repères, je suis incapable de réfléchir. J'ai juste envie de te faire l'amour comme jamais je n'ai eu envie de faire l'amour à une autre. Tu me rends fou, Olivia. Kim n'a jamais eu cet effet sur moi, avoua-t-il dans un souffle… C'est insupportable…

Elle s'interdit de se réjouir de ce qu'elle venait d'entendre. Le pouvoir qu'elle avait sur lui était purement physique. Inutile de s'imaginer qu'il l'aimait pour autre chose que son corps…

— Et tu détestes perdre le contrôle, c'est ça, Alexander ? suggéra-t-elle, soudain furieuse. Toi, dont tous vantent la retenue, la parfaite maîtrise de soi, la mesure, tu ne te reconnais pas, et ça t'agace ! C'est désagréable, n'est-ce pas ? Et que diraient les gens s'ils le savaient ? Ta réputation d'homme raisonnable en prendrait un coup… Et qui plus est, personne ne comprendrait qu'un homme aussi respectable que toi puisse perdre son sang-froid pour une traînée dans mon genre, pour laquelle tu as toujours affiché le plus profond mépris !

— Je ne te méprise pas, protesta-t-il d'une voix grave. Hélas… ce serait tellement plus simple ! ajouta-t-il, désabusé.

Il s'assit à côté d'elle et posa la main sur la sienne dans un geste qu'elle ne parvint pas à décoder. Tendresse ?

Volonté de lui montrer qu'il était le plus fort ? Compassion ? Elle n'en savait rien.

Ils restèrent un moment silencieux, chacun plongé dans ses pensées.

— Carlos vient de m'annoncer que Kim n'a jamais quitté l'île, annonça soudain Alexander. Elle y est encore.

Olivia se figea. Evoquer Kim alors qu'elle était aux côtés d'Alexander la renvoyait à sa propre culpabilité, à l'insupportable certitude d'être déloyale à celle qu'elle aimait tant, qui l'avait toujours soutenue dans l'adversité.

— J'ai eu tort de t'accuser d'avoir tout organisé, poursuivit-il d'une voix tendue. Tu n'as fait que l'aider, je le comprends aujourd'hui.

Ses remords venaient bien tard, songea Olivia. Elle se remémora avec une cruelle précision les mots durs et définitifs qu'il avait prononcés à son encontre, persuadé à tort qu'elle était à l'origine d'une machination diabolique dans laquelle Kim n'était qu'une victime.

Sa seule excuse était que personne ne pouvait imaginer que la parfaite et délicate Kim pouvait fausser compagnie à son futur époux le matin même de leurs noces, lui le premier. N'était-elle pas la jeune femme idéale, discrète, élégante, bien élevée ?

— Si je comprends bien, tu me demandes pardon ? lança-t-elle.

— Exactement.

Ils échangèrent un sourire.

— J'accepte tes excuses, murmura-t-elle, troublée.

Alexander n'était pas du genre à reconnaître facilement ses torts, elle en était certaine : dans sa bouche, ces quelques mots avaient une valeur forte.

— Tant mieux.

Un silence apaisé s'établit entre eux, et ils savourèrent les caresses du soleil encore tiède. Ils étaient bien, songea Olivia. Mais combien de temps durerait cette trêve ? Tout était si fragile, si complexe !

En effet, la réalité ne tarda pas à s'imposer de nouveau…

— Après dîner, ce soir, nous pourrions…, commença Alexander.

Elle ne le laissa pas achever.

— Ah non ! s'exclama-t-elle, j'en ai assez des réceptions officielles ! Même des jeunes mariés en voyage de noces ont besoin de s'éloigner l'un de l'autre de temps en temps, tu ne crois pas ? Et si tu as peur qu'une soirée en célibataire ruine notre image de couple parfait, tu n'as qu'à expliquer à tes relations que nous avons eu des nuits si torrides que j'ai besoin d'un break !

— Des nuits torrides ? Je t'avoue que je ne serais pas contre, mais…

Il s'interrompit brusquement comme s'il regrettait déjà ses paroles et se redressa sur son siège.

— Message reçu : je vais annuler le dîner prévu ce soir avec des collaborateurs, annonça-t-il d'un ton plus léger. Et demain, je t'emmène en balade ! Un peu de distraction ne nous fera pas de mal !

— Vraiment ? s'exclama-t-elle, stupéfaite.

Il changeait ses plans pour elle, pour lui faire plaisir ! N'était-ce pas aussi étonnant que merveilleux ? De nouveau, elle songea à Kim : c'est elle qui aurait dû découvrir Paris aux côtés d'Alexander. Mais elle décida aussitôt de ne pas se sentir coupable. Jouer les touristes avec Alexander était parfaitement anodin. De toute façon, que pouvait-elle faire d'autre ? C'est à cause de sa sœur qu'elle se retrouvait en France avec lui. Elle n'avait rien demandé, elle ! Alors, autant en profiter…

— J'accepte, dit-elle, soudain détendue.

— J'en suis heureux…

Il l'observa un instant. Le soleil jetait des reflets dorés sur ses cheveux blonds, soulignant l'adorable courbure de sa bouche, le velouté de sa peau diaphane. Elle était l'incarnation même de la sensualité. Si différente de Kim… ne put-il s'empêcher de penser.

— Mais j'espère que tu ne te forces pas ! reprit-elle tout à coup, étonnée de sa soudaine disponibilité.

Il lui lança un regard grave.

— Non, Olivia. Quelle que soit la façon dont se termine cette étrange aventure, quelle que soit l'histoire qui se cache derrière la disparition de Kim, nous sommes désormais dans le même bateau, et nous avons intérêt à nous entendre. Je me rends compte seulement maintenant que ce séjour à Paris doit être très étrange pour toi. Or nous sommes ici pour quelques jours encore : je te propose de faire la paix.

En effet, se retrouver à Paris l'avait perturbée, songea-t-elle. Mais si, en arrivant, le souvenir de Jacques la taraudait, elle l'avait presque oublié à présent : c'était malheureusement Alexander qui occupait désormais toutes ses pensées.

— D'accord, déclara-t-elle en affichant un ton mutin. Et oublions cette histoire d'attirance entre nous, tu veux bien ? C'est une simple affaire d'hormones, passagère comme toujours, qui ne porte pas à conséquence ! Et tu sais bien que j'ai toujours été du genre à papillonner !

Elle se tut, étonnée elle-même de ses talents de comédienne.

Convaincu ou pas, Alexander lui lança un regard surpris, mais garda le silence.

— Tu n'as pas eu trop de mal à accepter ce que te proposait Kim ? demanda-t-il.

Le sourire un peu trop assuré qu'affichait Olivia s'estompa soudain, faisant place à l'angoisse. Où était sa sœur à cet instant ? Que lui cachait-elle ? Pourquoi ne lui donnait-elle pas plus de nouvelles ? Et si elle était en danger ?

— C'était à mon tour de lui rendre service, et je n'ai pas hésité, balbutia-t-elle.

Chassant de son esprit les pensées noires qui l'assaillaient, elle se força à regarder Alexander.

Puisqu'ils étaient obligés de se supporter jusqu'au retour de sa sœur, elle devait faire contre mauvaise fortune bon cœur, songea-t-elle avec une lucidité résignée. L'essentiel était qu'il ne devine pas à quel point il la troublait.

— J'ai une idée de balade ! proposa-t-elle soudain d'un ton dégagé pour détendre l'atmosphère, de plus en plus pesante. J'ai envie de m'amuser… Ce sera une surprise. Tu me laisses carte blanche ?

Il la dévisagea, amusé. Sa spontanéité était charmante, son enthousiasme communicatif, et il s'autorisa lui aussi à oublier ses soucis du moment.

— Si tu veux, acquiesça-t-il. Tu n'auras qu'à donner tes indications au chauffeur…

Le lendemain matin, la limousine les attendait en bas de l'appartement à l'heure dite. Olivia échangea quelques mots avec le chauffeur, et la voiture démarra.

Curieusement, Alexander, d'ordinaire si blasé, se sentait excité comme un enfant. Olivia n'avait rien voulu lui révéler de leur escapade, et sa curiosité était piquée au vif.

Ils s'engagèrent sur le périphérique, puis l'autoroute du Nord.

— Où allons-nous ? ne put-il s'empêcher de demander. A Lille ?

Elle éclata de rire devant son air frustré.

— Un vrai gamin ! rétorqua-t-elle. Une surprise, c'est une surprise ! Tu ne sauras rien jusqu'à ce qu'on arrive.

Il fit mine de prendre un air renfrogné, mais l'aventure l'amusait. Il y avait si longtemps qu'il n'avait pas consacré une journée entière à ses loisirs, si longtemps qu'il ne s'était pas éloigné de son ordinateur, de ses messages, de ses coups de fil ! C'était merveilleux de partir ainsi vers l'inconnu, en compagnie de cette femme fantasque et fascinante !

Pendant le trajet, elle bavarda de tout et de rien, et il ne vit pas le temps passer.

Avec son T-shirt trop grand pour elle, son jean slim et sa queue-de-cheval, elle avait la fraîcheur d'une adolescente, et il ne se lassait pas de la regarder.

Une demi-heure plus tard, la limousine s'arrêta sur

un immense parking. L'endroit était totalement dénué de charme.

— Où sommes-nous ? demanda Alexander, surpris et vaguement déçu.

— Dans un parc d'attractions ! répondit-elle. Le parc Astérix.

Un parc d'attractions ? pensa Alexander, dépité. Quelle idée ! Il gardait un très mauvais souvenir de l'unique fois où il avait fréquenté ce genre d'endroit : il était accompagné de ses parents, qui ne cessaient de se disputer, et une horde de paparazzis les suivait à la trace…

Elle fronça les sourcils en voyant sa mine contrariée, et, d'autorité, le prit par la main.

— Allez viens ! lança-t-elle en se dirigeant vers l'entrée. Ne fais pas ta mauvaise tête ! Tu peux quand même oublier tes dossiers de temps en temps, non ? Tu vas voir, je suis sûre que tu vas t'amuser.

Il la suivit sans conviction, mais au bout de dix minutes il dut reconnaître qu'elle avait raison.

Il faisait un temps magnifique, la foule des visiteurs était enjouée, l'ambiance gaie et bon enfant. Des bambins couraient dans tous les sens, ravis de se retrouver dans l'univers familier du petit village gaulois.

— On va commencer par le meilleur, décréta Olivia d'un ton qui n'admettait pas la réplique. Tonnerre de Zeus !

— Tonnerre de Zeus ? répéta Alexander, ahuri.

— Mais oui ! C'est le nom de l'attraction ! Tu n'en as jamais entendu parler ? Ce sont les montagnes russes les plus hautes d'Europe !

— Tu as vraiment envie de faire des montagnes russes ? s'exclama-t-il comme si elle lui avait annoncé qu'elle partait sur la lune.

Elle haussa les épaules d'un air mutin.

— Eh oui ! soupira-t-elle. Voilà une semaine que je joue à la jeune mariée comblée, alors j'ai besoin de me défouler, figure-toi !

Il darda sur elle un regard intense.

— Il y a peut-être d'autres moyens de se défouler, tu ne crois pas ? demanda-t-il tout à coup.

Sa voix sourde et son regard brûlant laissaient peu de doute sur ce qu'il avait en tête… Olivia réprima un frisson.

Elle l'imagina tout à coup la pénétrant, prenant possession d'elle avec fougue, lui faisant l'amour jusqu'au bout de la nuit…

Mais elle comprit que si elle ne parvenait pas à repousser les fantasmes qui l'assaillaient, tout pouvait arriver. Elle ne se laisserait pas entraîner sur ce terrain-là. C'était trop dangereux, car plus elle côtoyait Alexander, plus elle succombait à son incroyable charme.

Alors, dissimulant son trouble, elle afficha un sourire éclatant.

— Je ne vois pas du tout à quoi tu fais allusion ! rétorqua-t-elle d'une voix ferme en l'entraînant vers le wagon qui approchait.

Ils s'assirent l'un à côté de l'autre, et le wagon grimpa une pente qui n'en finissait pas. Olivia souriait, mais sa peur était presque palpable. Au premier looping, en effet, elle se mit à hurler de plaisir et de terreur mêlés, et, d'un geste instinctif, attrapa la main d'Alexander pour se rasséréner.

D'abord sur la défensive, car il commençait à trouver toute cette aventure un peu ridicule, il se laissa aller peu à peu à la violence des sensations, et, comme elle, se mit à crier et à rire. La vitesse était phénoménale, les virages hallucinants, les accélérations folles, et ils se retrouvèrent tout à coup serrés l'un contre l'autre, le bras d'Alexander sur les épaules d'Olivia, entraînés dans la même joyeuse et effrayante aventure.

Quand le tour s'arrêta enfin, ils sortirent du wagon, titubants et ravis.

— Tu avais raison, lui avoua-t-il à l'oreille. C'était super…

Une fois de retour à l'appartement en fin de journée, il referma la porte derrière lui avec un grand sourire. Il ne sentait plus ses jambes, mais il avait passé une excellente journée.

D'attraction en attraction, il s'était amusé comme jamais. Au côté d'Olivia, même faire la queue au milieu de la foule était un plaisir : ils discutaient de tout et de rien comme s'ils s'étaient toujours connus, elle lui racontait mille anecdotes amusantes, et il l'écoutait, béat.

Débordant d'énergie et d'enthousiasme, elle n'avait rien voulu rater. Ils avaient même fait trois fois les montagnes russes, hurlant leur plaisir chaque fois un peu plus fort.

Jamais il ne s'était lâché ainsi, et ça lui avait fait un bien fou de retrouver pour quelques heures la magie de l'enfance.

Il réalisait tout à coup qu'il avait été propulsé trop tôt dans le monde des adultes. Avec leurs incessantes disputes, ses parents lui avaient volé son innocence, sa joie de vivre, son insouciance. Ballotté entre nounous et précepteurs, il avait appris à ne compter que sur lui-même, à ne rien attendre des autres.

Et à vingt ans, à l'âge où d'autres sortent à peine de l'adolescence, il poursuivait sa mère au tribunal pour obtenir la garde de sa jeune sœur.

— Alors, c'est vrai, tu as aimé ? lança Olivia, confortablement installée sur le canapé.

— A ma grande surprise, j'ai adoré, confirma-t-il, presque un peu honteux.

Elle se leva soudain et se dirigea vers le réfrigérateur pour se servir un verre d'eau fraîche. De dos, elle était tout simplement irrésistible, songea Alexander en admirant tout à loisir sa taille de guêpe, sa chute de reins mise en valeur par ses jeans slim, ses jambes d'une impressionnante longueur. Et elle avait juste ce qu'il fallait de rondeurs, exactement là où il fallait…

— Je n'aurais jamais imaginé que tu crierais autant sur les montagnes russes ! Mais peut-être faisais-tu semblant d'avoir peur pour mieux te serrer contre moi, remarqua-t-il d'un air taquin.

Pour toute réponse, elle se contenta de hausser les épaules. Elle avait eu réellement peur, avait adoré se serrer contre lui, mais ne le lui avouerait pas…

— Et pourtant, c'est toi qui as insisté pour qu'on recommence trois fois, reprit-il. Tu aimes prendre des risques à ce point ? Quel que soit le prix à payer ?

Elle posa son verre sur la table basse et fronça les sourcils.

— Pourquoi dis-tu ça ? demanda-t-elle, soudain grave. Toi, tu ne fais rien s'il y a un prix à payer, c'est ça ? Aurais-tu quelque chose contre le fait de se laisser aller ? Aurais-tu peur de perdre ce contrôle que tu crois avoir sur tout et que tu aimes tant revendiquer ? Ne crois-tu pas que, de temps en temps, il faut lâcher, laisser s'exprimer ses pulsions ?

L'atmosphère entre eux se fit soudain électrique.

Le souffle court, Alexander s'avança vers elle. Face à Olivia, il ne savait plus qui il était, pensa-t-il. Toutes ses certitudes s'effondraient, et il se retrouvait aussi démuni et fragile qu'un enfant. Il savait qu'elle disait vrai, mais il ne voulait pas l'entendre.

— Se laisser aller, c'est dangereux, Olivia, murmura-t-il d'une voix à peine audible. Jouer avec le feu, parfois, ça finit mal… Tu es bien placée pour le savoir…

— Je ne vois pas de quoi tu parles, rétorqua-t-elle sèchement en s'écartant de lui.

— Si, tu vois très bien. Jacques, ta carrière, tes choix…

Elle le foudroya du regard.

— Parce que tu crois que mon histoire avec Jacques était un jeu ? lança-t-elle avec une rage mal contrôlée.

— Je ne sais pas, dit-il. Mais cette façon que tu as d'être toujours dans l'excès, de te brûler les ailes… Qu'est-ce que tu fuis, Olivia ?

— Peu importe ce que je fuis, asséna-t-elle, lapidaire. L'important, c'est que j'assume mes échecs.

Il plongea son regard dans le sien comme s'il cherchait à lire en elle.

— Renoncer est parfois plus courageux que s'obstiner dans un mauvais choix, fit-il observer avec douceur. Je sais de quoi je parle, moi aussi j'ai connu des échecs.

Elle dissimula sa surprise.

Lui, des échecs ? Impossible ! N'était-il pas celui à qui tout réussissait ? Celui qui ne s'avouait jamais vaincu, qui trouvait une solution à tous les problèmes ? L'homme que tout le monde admirait ?

Alors, sans lui laisser le temps de réagir, il s'approcha d'elle et lui déposa sur le front un baiser furtif.

Puis, sans ajouter un mot, il quitta la pièce.

Olivia, le cœur battant la chamade, se passa doucement la main sur le front, là où Alexander avait posé les lèvres.

Un sourire diffus éclaira son visage.

Il lui avait parlé avec une étonnante franchise, lui avait dévoilé sa fragilité comme jamais elle pensait qu'il n'aurait été capable de le faire.

N'était-ce pas une merveilleuse preuve de confiance ?

Et si, enfin, il avait d'elle une autre image ? se demanda-t-elle. S'il cessait de la voir comme la petite fille gâtée et rebelle pour laquelle il affichait tant de mépris ?

Elle se remémora avec une soudaine tendresse leurs rires partagés dans le wagon, leur joie d'enfants, leurs bavardages à bâtons rompus dans les files d'attente.

Elle se souviendrait longtemps de cette journée, se dit-elle.

L'une des plus belles journées de sa vie…

8.

Pour la troisième fois, Olivia tenta d'allumer son ordinateur portable, et poussa un soupir exaspéré.

Cette fois, il était mort, et bien mort ! Elle savait en quittant Londres qu'il était en bout de course, mais avait espéré qu'il tiendrait jusqu'à leur retour. Or, elle en avait absolument besoin pour travailler !

C'était la catastrophe…

Elle referma rageusement le battant et s'aperçut qu'Alexander venait de la rejoindre dans le salon, un objet sous le bras.

Sans un mot, il lui tendit un ordinateur portable flambant neuf.

— Mais…

— J'ai remarqué que ton appareil donnait des signes de faiblesse, coupa-t-il d'un ton décidé. Alors en voilà un autre… Il est déjà configuré, tu n'auras qu'à transférer tes documents grâce à ta clé USB.

Elle resta muette d'émotion.

Le geste d'Alexander lui allait droit au cœur. En effet, il prouvait à quel point il était attentif à ses problèmes, à ses attentes, et surtout qu'il prenait au sérieux son travail. Jamais elle n'aurait imaginé une telle délicatesse, une telle reconnaissance.

La gorge nouée, elle garda le silence et se contenta de prendre l'appareil d'une main tremblante.

— Je ne sais pas comment te remercier, balbutia-t-elle.

Il éclata de rire.

— Alors ne me remercie pas ! Mets-toi plutôt au travail !
Tu as eu des nouvelles de l'agence ?

Elle sourit, soudain détendue, heureuse d'évoquer ce
projet qui lui tenait tant à cœur et qui, enfin, démarrait
sous les meilleurs auspices.

— Pas encore, répondit-elle. Mais je devrais vite avoir
un retour après mon dernier envoi. Une simple validation,
d'après ce que je sais : Nate, mon patron, avait l'air très
content la dernière fois que nous en avons discuté.

Elle regarda sa montre.

— D'ailleurs, je vais aller sur Skype une fois que
j'aurai transféré mes dossiers, déclara-t-elle. C'est la
bonne heure pour l'avoir.

Joignant le geste à la parole, elle prit quelques secondes
pour réinitialiser l'ordinateur. Tous les programmes avaient
été préinstallés : le système fonctionnait parfaitement.

Alors, satisfaite, elle mit ses écouteurs et appela New
York.

Alexander alluma lui aussi sa tablette et l'entendit
distraitement discuter avec Nate, son patron. Il savait que
ce dernier avait apprécié sans réserve le projet d'Olivia :
tout semblait aller pour le mieux.

Aussi dressa-t-il l'oreille quand il entendit la voix d'Olivia
se mettre à trembler légèrement. Mais par discrétion, il
s'interdit d'écouter plus avant. Il ouvrit sa boîte mail : un
courriel de son avocat lui annonçait que cette fois, Isabella
avait bel et bien déclenché les hostilités.

Il ne s'agissait plus de rumeurs, c'était désormais offi-
ciel : elle avait déposé une requête pour faire annuler le
jugement qui lui attribuait la garde d'Emily. Ainsi, elle
n'hésitait pas à l'attaquer, lui, son propre fils ! Pour récupérer
la garde de sa fille dont elle ne s'était jamais occupée !

Comment contre-attaquer ? se demanda-t-il en serrant
les poings pour contrôler la rage froide qui l'envahissait.
Il connaissait suffisamment sa mère pour savoir que si

l'affaire était portée devant les tribunaux, elle userait de tous les moyens pour le discréditer aux yeux du juge. Rien ne l'arrêterait. Et si par malheur elle découvrait que la femme qu'il présentait comme son épouse n'était pas Kim, tout était perdu pour lui. Comment en effet un magistrat pourrait-il confier la garde d'une adolescente à un homme capable de se prêter à une telle mascarade ?

— Mais, Nate..., balbutia tout à coup Olivia, pourquoi... ?

Sa voix se brisa. Alors, oubliant un instant ses soucis, Alexander leva les yeux, intrigué, et nota son visage défait, son évident désarroi.

— Très bien, murmura-t-elle après un silence. Très bien...

Elle ôta ses écouteurs et regarda devant elle, les traits crispés. Jamais il ne l'avait vue aussi abattue...

Alors, stupéfait, il la vit essuyer une larme. Olivia, si farouche, si orgueilleuse, pleurait ! Que se passait-il ?

— Olivia ? demanda-t-il. Tu as un problème ?

Elle se redressa et fit un effort surhumain pour retrouver un minimum de dignité. Alexander était la dernière personne devant laquelle elle devait s'effondrer.

— Oui, répondit-elle dans un souffle en se forçant à soutenir son regard interrogateur. Nate m'a retiré le projet LifeStyle.

— Comment ? s'exclama-t-il.

— Il l'a confié à quelqu'un d'autre, articula-t-elle avec difficulté.

Alexander resta muet de surprise.

— Je croyais qu'il avait tout validé, ou presque ! s'écria-t-il enfin.

— Oui, mais il y a eu un changement chez LifeStyle : ils ont un nouveau directeur marketing.

Alexander fronça les sourcils.

— Je sais, dit-il : Vincent Gray. C'est moi qui l'ai nommé il y a trois jours, le précédent directeur est parti à la retraite.

Il s'interrompit, troublé. Il se souvenait tout à coup d'un incident qui avait opposé Vincent à Olivia, lors de ses fiançailles avec Kim. Un incident qui s'était mal terminé, puisqu'elle l'avait giflé. Il n'avait jamais su pourquoi et avait complètement oublié la chose… jusqu'à ce jour.

— Tu as eu un différend il y a quelques mois avec lui, n'est-ce pas ? rapporta-t-il alors. Peut-être est-ce là l'explication…

— Oui, c'est ça, confirma-t-elle d'une voix à peine audible. Nate a préféré m'écarter de peur que mon altercation avec Vincent ne nuise à l'agence et l'empêche de remporter le projet. Et pourtant, c'est mon idée qui a fait la différence au départ ! ajouta-t-elle, de nouveau au bord des larmes.

— Tu veux dire que Vincent Gray serait susceptible de faire passer des règlements de compte personnels avant les intérêts de l'entreprise ? lança Alexander d'un ton furieux. Qu'il écarterait quelqu'un de compétent pour des motifs qui n'ont rien à voir avec le travail ? Ce n'est pas comme ça qu'on se comporte dans mes sociétés, je tiens à te le dire !

— Mais Nate m'a…

— Peut-être Nate a-t-il peur de Vincent, mais toi, tu ne dois pas te laisser faire, Olivia ! Comment veux-tu qu'on te respecte professionnellement si tu ne montres pas que tu es forte ? Tu dois t'accrocher, prouver que tu es la meilleure ! Oublie cette vieille histoire avec Vincent et explique à Nate que tu refuses de céder ta place !

Olivia le dévisagea, découragée.

Tout était si facile pour lui ! pensa-t-elle avec une douloureuse frustration. Il avait l'habitude qu'on l'écoute, qu'on se plie à ses décisions, qu'on lui obéisse au doigt et à l'œil ! Comment ne comprenait-il pas que pour quelqu'un comme elle, qui n'avait aucune aura, aucun réseau, que personne n'avait jamais respecté, c'était une autre paire de manches ? Comment ne devinait-il pas qu'à l'origine de cette affaire, il y avait pour elle un véritable traumatisme ?

— Je ne peux pas oublier cette histoire avec Vincent, balbutia-t-elle, la gorge nouée.

— Vraiment ?

— Vraiment.

Il poussa un soupir agacé.

— Mais que s'est-il passé entre vous ? s'exclama-t-il. Rien de si grave, j'en suis sûr.

— Eh bien si, figure-toi. Il m'a harcelée sexuellement…

Alexander accusa le coup.

— Vincent ? Mais c'est impossible ! s'exclama-t-il. Je le connais depuis dix ans, jamais il ne ferait une chose pareille ! C'est un type bien ! Tu es sûre de toi ?

Elle se figea comme s'il l'avait frappée. Elle ne supportait plus ce genre de remarque, cette façon que tous avaient toujours de penser qu'elle ne pouvait être que coupable, jamais victime.

Alexander, lui aussi, la jugeait sans rien savoir de l'affaire. Dans son esprit, elle avait mal compris, Vincent était forcément innocent, puisque c'était « un type bien » ! Alors qu'elle traînait une réputation tellement sulfureuse que, quoi qu'il arrive, c'était toujours sa faute à elle… Elle n'était pas une « fille bien »…

— Non, il y a des faits, des faits précis, asséna-t-elle sèchement. J'ai travaillé pour lui comme vendeuse à la bijouterie, et il n'a cessé de m'importuner, prétendant qu'une fille comme moi ne disait jamais non. Il a tenté de me coincer dans les sous-sols, de profiter des moments où nous étions seuls pour me poursuivre. Je ne pouvais plus supporter ses mains baladeuses, ses remarques graveleuses. Par miracle, j'ai réussi à lui échapper. Mais il s'est vengé en me refusant une augmentation qu'il a accordée à tous les autres. Et lors de vos fiançailles, il a assuré devant témoins que Nate m'avait engagée uniquement parce que j'avais couché avec lui. C'est là que je l'ai giflé…

— Je n'arrive pas à croire que Vincent…, commença Alexander en fronçant les sourcils.

Elle le coupa d'un geste de la main.

— Je sais. Je suis capable de toutes les turpitudes, moi qui ai eu une histoire avec un homme marié, moi dont on dit tant de mal, moi qui scandalise la bonne société. Lui, bien sûr, est au-dessus de tout soupçon ! Tu ne trouves pas qu'il y a deux poids deux mesures ? acheva-t-elle d'une voix tremblant de colère.

— Je n'ai rien dit de tel, protesta-t-il avec le plus grand calme.

— Non, mais tu l'as pensé, et c'est la même chose ! conclut-elle en se dirigeant vers la porte.

Il la rattrapa par le poignet et l'attira à lui.

— Je n'ai pas fini, dit-il.

— Moi, si. Lâche-moi. Je ne veux plus que tu prononces le moindre mot sur cette histoire.

— Pourquoi ? Tu ne peux pas juste classer ce dossier sans suite, abandonner le projet sans te battre ! Tu dois apprendre à lutter, Olivia, pour restaurer ta dignité, t'imposer aux yeux des autres, changer le regard qu'ils ont sur toi. Si tu pars, tu seras forcément considérée comme coupable.

Elle cessa de lutter, intriguée par ce qu'il venait de dire. Accordait-il enfin un peu de crédit à ses paroles ?

— Pourquoi ne l'as-tu pas poursuivi en justice ? interrogea-t-il sans la quitter des yeux.

Elle baissa la tête, anéantie au souvenir de ces terribles moments.

— Parce que, au mieux, tout le monde aurait eu la réaction que tu as eue : mettre en doute mon honnêteté. Et au pire, les gens auraient pensé que c'était bien fait pour moi, que je l'avais bien cherché. Tu crois que j'avais envie d'affronter ce genre de commentaires ?

Alexander garda le silence, mal à l'aise.

— Tu ne peux pas baisser les bras ainsi ! reprit-il soudain. Si tu veux te faire une place dans la publicité, tu dois te battre !

— Cette fois, je n'ai plus envie de me battre, murmura-t-elle comme si elle se parlait à elle-même. J'en ai assez, c'est tout. Je n'ai plus l'énergie.

Il lui jeta un regard sans concession. Celui d'un chef d'entreprise dépourvu d'états d'âme jugeant un employé.

— Alors ne te plains pas, Olivia. Et n'en veux pas à Nate de ne pas avoir insisté pour te garder. Si tu n'y crois pas toi-même, personne n'y croira pour toi, et surtout pas le client, fais-moi confiance, je sais de quoi je parle. Mieux vaut arrêter les frais, de toute façon personne chez LifeStyle ne te prendra au sérieux si tu tiens ce genre de discours…

Elle leva la tête et fixa longuement ses yeux bleus à l'éclat minéral, dans lesquels elle ne décela pas une once d'empathie.

— C'est tout ce que tu as à me dire ? demanda-t-elle avec une agressivité mal contrôlée.

— Oui. Désolé d'insister, Olivia, mais en renonçant à te battre, tu choisis la solution de facilité, et au final c'est toi qui es perdante. C'est dommage…

Quelle condescendance ! songea Olivia, scandalisée. *Quel donneur de leçons, toujours sûr de lui et de ses choix !* Elle ne supportait plus qu'on la traite ainsi !

— Il faudra t'y faire, asséna-t-elle brutalement. Que ça te plaise ou non, je m'en fiche !

Et sur ces paroles vengeresses, elle quitta la pièce d'un pas décidé.

Le restaurant — une trouvaille d'Olivia, qui avait le chic pour dénicher des adresses sympas à l'écart des flux de touristes — était délicieux. Mike, l'ami avec lequel ils dînaient, semblait apprécier le moment, et Olivia était tout simplement craquante.

Alexander aurait pu passer la soirée à la regarder… Son chemisier blanc laissait entrevoir la naissance de ses seins généreux, ses cheveux lâchés encadraient gracieusement son visage aux traits fins, sa bouche dessinée de rouge carmin était plus sensuelle que jamais.

Elle plaisantait avec Mike, visiblement sous le charme, et il en était presque jaloux.

Mais qui pouvait résister au charme d'Olivia ?

Personne, pas même Vincent Gray, qui aurait pourtant dû s'interdire de s'intéresser à une employée…

Après avoir beaucoup réfléchi à ce que lui avait raconté Olivia, il était à présent persuadé qu'elle avait dit vrai. Il se réservait le droit d'expliquer à Vincent ce qu'il pensait de sa façon de se comporter, et de prendre les mesures disciplinaires qui s'imposaient.

Dans sa poche, son téléphone sonna. C'était Carlos, le détective privé qu'il avait lancé sur la piste de Kim, jusque-là en pure perte.

Il se leva et sortit aussitôt sur le trottoir.

— Bonjour. Ce que j'ai appris ne va pas vous plaire, Alex, annonça d'emblée Carlos.

La main d'Alexander se crispa sur l'appareil.

— Je vous écoute.

— C'est difficile à croire, mais… il se trouve que Kim est déjà mariée. Il n'y a aucun doute possible.

Alexander garda le silence, ahuri. Il avait envisagé beaucoup d'hypothèses, mais celle-là ! C'était du délire ! Pourtant, Carlos avait toute sa confiance : s'il lui annonçait une telle nouvelle, c'est qu'elle était exacte.

— Tu as des détails ?

— Elle a fait plusieurs demandes de divorce, qui n'ont pas abouti. Le type a refusé. Elle est avec lui à l'heure où je vous parle. Je n'ai pas son identité, je n'en sais pas plus, mais j'ai lancé plusieurs personnes sur le coup. Je vous appelle dès que j'ai du nouveau.

— Très bien. Merci, Carlos, fit Alexander d'une voix étonnamment calme.

Il éteignit son téléphone portable et resta un moment figé, incapable de réfléchir. Sa seule réaction était une envie de meurtre… contre celle qu'il avait prise pour la femme idéale, celle qui l'avait trompé et bafoué comme jamais, celle qui les exposait, lui et Emily, à de terribles conséquences.

Comment avait-elle osé ?

Pourquoi n'avait-il rien vu, rien deviné ?

A cet instant, Olivia le rejoignit sur le trottoir.

— Qu'est-ce que tu fais ? demanda-t-elle, inquiète. Tu ne viens pas boire ton café ? Il va être froid…

Alexander la fixa avec une étrange intensité, et soudain l'absurdité de la situation le frappa.

Kim, la femme parfaite, était en réalité une menteuse et une intrigante. Et Olivia, celle dont il s'était toujours méfié, l'accusant de tous les maux, se révélait d'une droiture qui forçait le respect.

N'était-ce pas un incroyable retournement de situation ? Leurs regards se croisèrent, et il sembla à Olivia qu'Alexander cherchait à lire au plus profond de son âme…

Le silence se prolongea, et Alexander, le cœur battant, songea qu'il se souviendrait de cet instant toute sa vie.

Alors, n'y tenant plus, il prit Olivia par la taille, la serra contre lui et l'embrassa à perdre haleine, comme si ses lèvres douces, son odeur enivrante, sa chaleur bienfaisante, pouvaient lui faire oublier le cauchemar qu'il vivait.

Pendant quelques secondes, elle répondit à son baiser avec la même ardeur, avant de s'arracher brusquement à son étreinte.

— Alexander, que fais-tu ?

Puis, sans ajouter un mot, elle regagna le restaurant, le laissant seul sur le trottoir, en proie à un profond désarroi.

Pour la première fois de sa vie, il avait le sentiment de ne plus rien contrôler, à commencer par lui-même. Kim, déjà mariée, et à présent ce baiser qui n'avait aucun sens ! Il n'y comprenait plus rien…

Pourquoi avait-il embrassé Olivia ? s'interrogea-t-il, décontenancé.

En l'absence de Kim, il avait plus que jamais besoin

de son aide dans son combat contre Isabella. Et tout ce qu'il trouvait à faire était de lui imposer un baiser qu'elle ne souhaitait certainement pas !

Que lui arrivait-il ?

Et que lui réservait l'avenir s'il perdait ainsi tous ses moyens chaque fois qu'il se retrouvait face à elle ?

Olivia boucla sa valise et se dirigea machinalement vers la baie vitrée, l'esprit ailleurs. Ils repartaient pour New York le lendemain matin, c'était sa dernière soirée parisienne, mais elle ne parvint pas à s'intéresser au magnifique spectacle de la ville illuminée.

Dans quelques heures, ils se sépareraient : la prochaine fois qu'elle verrait Alexander, il aurait Kim à son côté, et cette perspective la dévastait.

Pourtant, elle devait admettre la réalité, en revenir aux faits, rien qu'aux faits : elle n'aurait pas dû laisser Alexander prendre une telle place dans sa vie, oublier que tout ceci n'était qu'une comédie. Il aimait Kim, Kim l'aimait. Elle ne comptait pas pour lui, il ne devait pas compter pour elle.

La sonnerie de son téléphone portable la ramena à la réalité. Probablement était-ce Alexander qui lui confirmait leur horaire de départ.

Elle regarda l'écran et se figea. C'était l'appel qu'elle attendait depuis si longtemps ! Kim !

D'un geste fébrile, elle appuya sur le bouton.

— Kim ! s'écria-t-elle. Tu reviens, enfin !

A l'autre bout du fil, il y eut un silence.

— Liv, balbutia Kim. Alexander ne t'a rien dit ?

— Dit quoi ?

— Que tout est fini entre nous…

— Comment ça ?

— Oui, prononça Kim d'une voix hésitante. Laisse-moi t'expliquer : ça va te paraître incroyable, mais si je me suis enfuie le jour des noces, c'est parce que je suis déjà mariée.

Olivia demeura muette de stupeur.

— J'avais déposé un dossier pour demander le divorce, et les papiers sont revenus ce matin-là, juste avant la cérémonie. Il avait refusé de signer.

— Mais enfin c'est quoi, cette histoire ? C'est qui, ce type ? explosa Olivia. Tu te fiches de moi ? Tu es devenue folle ?

— Malheureusement non. Je l'ai rencontré lors d'une croisière, il y a trois ans. Nous nous sommes mariés dans le plus grand secret.

— Mais… Alexander ? Qu'est-ce qu'il devient dans tout ça ? Tu te rends compte de la situation dans laquelle tu l'as mis ?

Tout en parlant, Olivia réalisa que, pour la première fois de sa vie, c'est elle qui faisait la leçon à sa sœur. Les rôles s'étaient soudain inversés, et elle n'arrivait pas à le croire.

— Alex est arrivé au moment où je commençais à avoir besoin d'autre chose. Il était si parfait, si prévenant, il ne me demandait jamais plus que ce que je pouvais lui donner… Je ne voulais pas le planter là, mais Bob est revenu dans ma vie, et…

— C'est lui que tu choisis ? coupa Olivia.

— Oui.

Un curieux mélange de soulagement et de colère s'empara d'Olivia.

— Peut-être as-tu eu raison d'écouter ton cœur…, dit-elle. En tout cas, j'espère que cette fois tu sais ce que tu fais. Mais tu aurais pu t'apercevoir plus tôt que tu n'aimais pas Alexander ! Tu réalises dans quelle situation impossible tu nous as mis ? C'est une histoire de fous !

— Je sais, Liv, et je suis désolée de ce que je t'ai imposé. J'ai lutté contre moi-même, parce que je n'osais pas annuler le mariage, la cérémonie, décevoir tous ces invités ! Et puis, j'ai compris que je n'aimais pas assez Alex pour construire une vie avec lui, que notre mariage était voué à l'échec. Et j'ai réalisé que Bob comptait plus que tout… Tu ne m'en veux pas trop ?

— Si, je t'en veux, Kim, mais je pense que tu as eu raison… Epouser un homme si on en aime un autre n'a aucun sens…

— Tu ne peux pas savoir à quel point je suis soulagée de ta réaction, Liv ! s'exclama Kim d'un ton plus léger. Il faut que je te laisse à présent, nous rediscuterons ensemble de la meilleure façon pour moi de réparer les dégâts que j'ai causés… Je t'embrasse, ma sœur chérie. Merci pour tout.

Olivia reposa le téléphone d'une main tremblante.

Peu lui importait la façon dont la situation allait évoluer dorénavant, pour Emily, pour Alexander, pour Kim qui serait bien obligée d'avouer la supercherie, pour elle qui y avait joué un rôle actif.

Une seule pensée tournait en boucle dans sa tête : Kim et Alexander, c'était fini.

Elle n'avait plus à se sentir coupable, à refouler ses pulsions, ses émotions. Désormais, tout était possible, et cette nouvelle donne était merveilleusement excitante…

Il fallait qu'elle lui parle, qu'elle sache ce qu'il pensait de tout ça.

Elle quitta sa chambre, le cœur battant à tout rompre.

Il était dans le salon, et le bleu de sa chemise de lin faisait ressortir l'azur de ses yeux. De toute sa personne émanait une virilité qui la bouleversa. Il était l'homme le plus séduisant de la Terre, et il n'était plus le fiancé de sa sœur…

— Je viens de parler à Kim, balbutia-t-elle. Elle m'a annoncé la nouvelle…

Il ne cilla pas.

— Depuis combien de temps le sais-tu ? reprit-elle d'une voix sourde.

— Depuis hier.

Pour elle, la nouvelle avait changé la face du monde,

pour lui, rien ne semblait avoir bougé d'un iota…, constata-t-elle avec amertume.

— Et tu ne m'en as pas dit un traître mot ? s'exclama-t-elle d'un ton accusateur. Serais-tu donc définitivement incapable d'éprouver le moindre sentiment ?

9.

Alexander se servit un verre de whisky. Toute la journée, il avait pensé à Olivia, au désir de plus en plus violent qu'elle lui inspirait, et au fait qu'il ne devait pour rien au monde y céder.

— Je n'ai pas envie de parler de Kim, répondit-il d'une voix tendue. En revanche, j'ai longuement discuté avec Vincent. Il a tout nié, mais je suis sûr à présent que c'est toi qui dis la vérité, Olivia. Le problème est que nous n'avons aucune preuve. C'est ta parole contre la sienne… J'ai douté de toi, et je m'en excuse.

Olivia s'efforça de ne pas trahir la joie que ces mots provoquaient en elle. Alexander la croyait, il reconnaissait ses torts !

— J'accepte tes excuses. Mais… tu n'as même pas l'air d'en vouloir à Kim ! lança-t-elle, abasourdie.

— En effet, répliqua-t-il d'un ton posé. Cela ne servirait à rien.

— Tu es incroyablement stoïque ! s'exclama-t-elle, stupéfaite. On dirait presque que tu es indifférent ! C'est tout ce que ça te fait de perdre la femme que tu aimes ?

Il l'interrompit d'un geste.

— Je t'arrête, Olivia, murmura-t-il de sa voix grave. La relation que j'avais avec Kim était d'un autre ordre.

A ces mots, Olivia sentit son cœur se mettre à battre la chamade. Se pouvait-il qu'il n'ait jamais aimé sa sœur ? songea-t-elle, refoulant un espoir fou.

— En réalité, nous n'avons jamais été amoureux, confirma-t-il sans se départir de son calme.

A ces mots, la respiration d'Olivia s'accéléra encore. Tout allait si vite qu'elle ne savait plus où elle en était… La tête lui tournait, elle avait la sensation que ses jambes ne la portaient plus.

Alexander n'avait jamais aimé sa sœur, se répétait-elle en boucle, et la réciproque était vraie. Donc elle n'avait jamais trahi Kim, et n'avait aucune raison de se sentir coupable ! Il lui semblait qu'on venait de lui ôter de la poitrine un poids qui l'oppressait depuis des jours…

— Pourquoi ne m'as-tu rien dit ? murmura-t-elle, bouleversée.

Il s'approcha d'un pas et, de l'index, effleura ses lèvres entrouvertes.

— Parce que je voulais continuer à croire que, face à toi, je pouvais garder le contrôle, répondit-il.

Ils se dévisagèrent pendant un temps qui sembla infini à Olivia. L'instant était si intense, si grave qu'elle avait la sensation que le monde s'était soudain arrêté de tourner, que plus rien n'existait que cet homme fascinant qui occupait toutes ses pensées.

Sans qu'elle songe même à se soustraire à son étreinte, il s'avança d'un pas encore et glissa un bras possessif autour de sa taille.

— Alexander, murmura-t-elle dans un gémissement dont elle ne savait pas elle-même s'il était une supplication ou une protestation. Je t'en prie…

Alors, il enfouit la tête dans son cou et inspira profondément pour s'emplir de son parfum, comme il en rêvait depuis si longtemps.

— J'ai tellement attendu le moment où je te tiendrais dans mes bras, dit-il. J'ai tellement résisté…

Elle ferma les yeux, enivrée par ces paroles. Elle aurait pu prononcer les mêmes…

— Tes lèvres…, murmura-t-il. Si tu savais le nombre de fois où j'ai rêvé que je les embrassais…

Joignant le geste à la parole, il prit la bouche qu'elle lui offrait. Ils se donnèrent tous les deux le temps de se découvrir, conscients qu'une fois que le feu qui couvait en eux se serait embrasé, ils ne pourraient plus rien maîtriser.

Ils voulaient laisser le désir monter en eux, contrôler encore un peu les forces qui les poussaient l'un vers l'autre, prolonger le plaisir de ces premiers instants où ils s'apprivoisaient mutuellement.

Leur baiser fut d'abord retenu, puis leurs langues se cherchèrent, se trouvèrent. Rien ne pouvait plus détacher leurs bouches l'une de l'autre. Seul le besoin de respirer enfin et de reprendre leur souffle les obligea à s'interrompre.

Alexander s'écarta légèrement et plongea son regard brûlant dans celui d'Olivia.

— Olivia, murmura-t-il d'une voix rauque. Tu me rends fou…

Ivre d'émotion, elle renversa la tête en arrière pour offrir son cou à ses baisers. Il la saisit par les hanches et la plaqua contre son bassin pour qu'elle n'ait plus aucun doute sur la violence de son érection.

— J'ai envie de toi, dit-il, j'ai envie de toi depuis le premier soir, je ne pense qu'à ça. Et tu vas enfin être à moi…

Avec des gestes rendus malhabiles par l'impatience, il fit sauter les boutons de son chemiser et dégrafa son soutien-gorge, libérant les globes nacrés de ses seins ronds et fermes.

Elle se cambra pour mieux les faire saillir, et les saisit dans ses mains pour lui offrir ses mamelons déjà durcis. Ce geste infiniment érotique décupla son désir. Il se pencha et happa ces pointes dressées pour les mordre doucement. Elle poussa un cri.

— Olivia, tu es si belle. Je veux tout de toi…

Cette fois, ce fut elle qui prit l'initiative. Jamais elle ne s'était sentie aussi sûre de sa féminité, de son pouvoir de séduction. Ils étaient destinés de tout temps à devenir amants, pensa-t-elle, et cette certitude lui donnait toutes les audaces.

Elle se déshabilla en prenant son temps, ravie d'attiser dans le regard d'Alexander l'étincelle du désir. Puis, quand elle eut retiré son pantalon, elle apparut en string noir, majestueuse de beauté avec ses longues jambes au galbe élégant, ses hanches rondes, sa poitrine orgueilleuse.

N'y tenant plus, il se dévêtit à son tour, la prit par la taille et la fit s'asseoir sur la table.

— Enlève ton string, murmura-t-il d'une voix rauque, je veux te voir, tout entière, rien que pour moi…

Le souffle court, elle se dénuda complètement et il resta un long moment, bouleversé, à l'admirer.

Puis il se pencha sur elle et l'embrassa. Délaissant ses lèvres, il descendit vers sa poitrine, son ventre, puis, plus bas encore, jusqu'au cœur de sa féminité. Renversée en arrière, haletant d'émotion, elle écarta les jambes pour mieux accueillir sa bouche impudique.

La caresse affolante de ses lèvres lui tira un gémissement de plaisir.

— Attends, chuchota-t-il, attends. Ce n'est qu'un début… Je veux te posséder jusqu'au bout de la nuit, je veux que tu te souviennes de ce moment pour toujours. N'allons pas trop vite, ne gâchons pas cet instant si précieux.

Il se redressa et ses doigts prirent le relais de ses lèvres, s'attardant sur le bouton secret qu'elle cachait entre ses cuisses et qu'il caressa avec une affolante maîtrise. Une vague de chaleur la submergea et elle gémit encore, les yeux clos. Alors, de nouveau il s'arrêta, jouant avec ses nerfs, avec son plaisir, pour mieux l'exacerber.

— Je t'en prie, Alexander, prends-moi, supplia-t-elle. Viens, je suis prête…

— Non, pas tout de suite, murmura-t-il. Attends…

— Moi aussi je veux te toucher, balbutia-t-elle.

Éperdue, elle commença à lui déboutonner sa chemise, avide de caresser sa peau mâle, mais soudain on frappa à la porte.

Elle sursauta et s'interrompit aussitôt, tandis qu'Alexander se redressait brusquement, soudain en alerte.

— A cette heure-ci, ce ne peut être que Carlos, suggéra-t-il, les traits soudain tendus. J'espère qu'il n'est rien arrivé à Emily...

En plein désarroi, Olivia ramassa ses affaires et se réfugia dans la salle de bains, comme Alexander se rajustait à la hâte.

Quand elle revint cinq minutes plus tard, rhabillée et recoiffée, personne n'aurait pu deviner, devant son air parfaitement dégagé, à quelles occupations peu avouables elle s'était adonnée.

En pleine conversation avec Alexander, Carlos la salua d'un bref signe de tête.

— Tu es sûr de ce que tu avances ? lança Alexander. Isabella avait réussi à convaincre Emily de la suivre ? Heureusement, que tu es intervenu !

Alexander avait tort, songea Olivia.

Quoi qu'il se soit passé entre elles, Isabella restait la mère d'Emily, et un jour ou l'autre il faudrait qu'elles s'expliquent, qu'elles parviennent de nouveau à se parler. Et plus cette rencontre tarderait, plus elle serait pénible et douloureuse pour Emily. Alexander ne pouvait pas rayer Isabella de la carte...

Mais naturellement, elle garda ses pensées pour elle.

— Voici ce que tu vas faire, Carlos, reprit Alexander. D'abord, tu ne vas pas lâcher Emily d'une semelle. Par ailleurs, tu vas faire comprendre à Isabella que je n'hésiterai pas à la poursuivre en justice si elle m'enlève Emily. C'est moi qui en ai la garde, et je n'y renoncerai sous aucun prétexte...

Ils discutèrent encore quelques instants, puis Carlos s'éclipsa, prêt à obéir aux instructions que lui avait données son patron.

Alexander se tourna vers Olivia.

— Mais... tu es toute pâle ! s'exclama-t-il. Pourquoi ? Sans attendre sa réponse, il l'attira à lui et la serra à l'étouffer. Malgré le malaise que sa conversation avec Carlos avait provoqué en elle, Olivia ferma les yeux, bouleversée de se retrouver dans ses bras.

Quoi qu'il arrive, il suffisait qu'il la touche, qu'il lui parle, pour qu'elle perde tous ses moyens. L'emprise qu'il avait désormais sur elle la ravissait et l'effrayait tout à la fois.

— Que se passe-t-il, Olivia ? demanda-t-il d'une voix sourde.

— Je ne comprends pas ton attitude vis-à-vis de ta mère et ta sœur, avoua-t-elle. Pourquoi leur interdis-tu de se voir ?

— Parce que Isabella ne peut que faire souffrir Emily, rétorqua-t-il d'un ton ferme. Et ça, je ne le veux pas…

Soudain, l'image de sa propre mère submergea Olivia. Cette mère malheureuse qui avait fui son foyer, abandonnant ses filles à un mari qui l'avait toujours brimée. Etait-elle une coupable ou une victime ? Qui pouvait répondre à cette question ?

— Je t'en prie, Alexander, écoute-moi ! insista-t-elle d'un ton suppliant. Imagine que ta mère ait changé, qu'elle se rende compte de ses erreurs, qu'elle veuille renouer un lien avec Emily ! De quel droit lui refuserais-tu une seconde chance ?

Il se figea comme si elle l'avait insulté.

— Je ne lui ai pas donné UNE seconde chance, je lui en ai donné mille ! s'exclama-t-il avec une colère froide. Chaque fois que mon père la frappait, j'essayais de la protéger, de prendre les coups à sa place ! Combien de fois ne l'ai-je pas suppliée de le quitter ? Elle a toujours refusé, faisant passer sa vie de femme avant son rôle de mère. Quand j'étais enfant, j'espérais qu'elle partirait en nous emmenant avec elle, mais il ne s'est rien passé. C'est nous qu'elle a éloignés, pour poursuivre sa relation aussi fusionnelle que malsaine avec mon père. Je n'ai jamais compté pour elle, acheva-t-il d'une voix brisée. J'ai cherché et attendu son amour pendant des années, et j'ai toujours été déçu.

Il s'interrompit, la gorge nouée, et regarda Olivia. Stupéfaite, elle vit ses yeux humides, son visage défait. Comme il avait dû souffrir ! pensa-t-elle. Et il souffrait encore, c'était évident !

Alors, bouleversée, elle se dressa sur la pointe des pieds et déposa sur sa joue un baiser d'une infinie tendresse.

Ce geste déclencha chez Alexander une réaction passionnée. Il enlaça Olivia et la serra contre lui à l'étouffer. Puis il chercha ses lèvres et l'embrassa de toute son âme, comme si sa vie en dépendait. Elle répondit à son baiser avec la même ardeur, et, éperdue d'émotion et d'impatience, sentit son sexe durci contre son ventre.

Elle allait enfin être à lui, se dit-elle. Plus personne ne viendrait les déranger : la nuit leur appartenait...

Mais, à sa grande surprise, il se détacha d'elle à regret.

— Je dois partir, m'assurer qu'Emily n'est pas en danger, expliqua-t-il. C'est terriblement cruel, je le sais, mais il le faut.

— Mais, Alexander...

— J'en suis aussi désolé que toi, avoua-t-il, mais il faut que je lui parle. Que je lui explique.

Le premier choc passé, elle réfléchit à la situation et releva la tête. Elle venait d'avoir une idée.

— Et si je lui parlais, moi ? suggéra-t-elle. Elle risque de t'en vouloir, de te rejeter, puisque c'est toi qui l'éloignes d'Isabella. Je pourrais peut-être l'aider à comprendre ? J'ai eu moi aussi des problèmes avec ma mère...

— Non, Olivia, je préfère que tu restes en dehors de tout ça, rétorqua-t-il sans hésiter. Et n'oublie pas que tu es toujours censée être Kim, tant que toute cette histoire de fausse identité n'est pas réglée. Reste ici, je reviens.

Un terrible sentiment de frustration s'empara d'Olivia. Comment pouvait-il disposer d'elle avec autant de désinvolture ? Comme si elle était une geisha à sa disposition ?

Soudain, son attitude lui parut intolérable.

— Alors, je dois rester bien sagement à t'attendre, et garder l'espoir qu'avec un peu de chance tu auras le temps de me faire l'amour, de conclure ce que nous avons commencé ? Et sinon, tant pis pour moi ?

Il lui jeta un regard réprobateur, choqué par son agressivité soudaine.

— Pourquoi montes-tu tout de suite sur tes grands chevaux, Olivia ? Je te demande un peu de temps, c'est tout ! Et ne commence pas à exiger de moi ce que je ne suis pas capable de te donner, je t'en prie ! Il y a quelque chose entre nous, c'est indéniable, mais ça n'ira pas au-delà d'une aventure sans lendemain, tu le sais bien…

Elle accusa le coup, livide.

— Vraiment ? lança-t-elle. A lire la presse people avant ton mariage, tu assurais pourtant que ton but était de fonder une famille, de rester fidèle à ta femme, que tu n'étais pas du genre à avoir des maîtresses. Mais bien sûr, moi, je ne compte pas ! J'ai une vie si dissolue, je suis si peu respectable ! Alors inutile de te mettre en frais pour moi, tu as juste envie de coucher avec moi, et après, adieu !

— Ce n'est pas…

Elle ne le laissa pas achever.

— Je comprends très bien ton manège. Tu vas profiter de moi tant que je suis supposée être Kim, et dès que votre rupture sera officialisée, tu chercheras une autre femme parfaite avec laquelle tu pourras parader fièrement en société !

Il garda le silence, et elle en conclut avec amertume qu'elle avait raison. Il ne prenait même pas la peine de faire semblant de protester…

— Tu n'es qu'un sale type, balbutia-t-elle, horrifiée. Je me demande comment j'ai été assez stupide pour l'oublier.

Elle se redressa et rassembla ce qui lui restait de force pour lancer à Alexander un regard plein de mépris.

— Et tu veux que je te dise ? Je vais suivre ton conseil. Reprendre le contrôle de ma vie et partir. Parce que de toutes les erreurs que j'ai commises, te fréquenter a été la pire…

Et, sur ses paroles vengeresses, elle quitta la pièce sans lui jeter un regard.

Il resta prostré, choqué par la souffrance qu'il avait lue dans ses yeux, qu'il avait perçue dans sa voix. Et surtout par la terrible violence de ses propos...

Pourquoi n'avait-il pas réagi? s'interrogea-t-il, en plein désarroi. Et si elle avait raison? Si l'opinion qu'il avait d'elle le poussait, consciemment ou non, au pire à lui manquer de respect, au mieux à considérer que rien ne pouvait l'atteindre? Si elle était encore une fois victime de sa sulfureuse réputation?

A cet instant, il aurait tout donné pour la tenir dans ses bras, pour lui faire oublier par ses baisers, ses caresses, ce qu'ils venaient de se dire, pour posséder ce corps qui le hantait toutes les nuits, l'entendre crier son plaisir!

Mais il ne fallait pas...

Il avait encore un certain sens de l'honneur et ne voulait pas profiter de la situation au détriment d'Olivia.

Il devait s'écarter d'elle avant de la faire trop souffrir...

10.

Olivia remercia l'hôtesse qui venait de lui servir un jus d'orange fraîchement pressé.

Assise à côté d'elle, Emily, figée, avait un regard vide empreint d'une infinie tristesse, et semblait indifférente à tout ce qui l'entourait.

Dès son arrivée à l'appartement le matin même, elle avait violemment agressé son frère, l'accablant de reproches.

A la grande stupéfaction d'Olivia, Alexander était resté très calme. Il avait tenté de désamorcer la crise, sans résultat d'ailleurs. Emily n'avait rien entendu, rien écouté.

Elle lui rappelait l'adolescente écorchée vive qu'elle avait été elle aussi, songea Olivia, bouleversée. Elle avait la même rage contre le monde entier, le même désir qu'on s'intéresse à elle, le même besoin d'amour, tout simplement.

Et, à l'évidence, Alexander seul ne pouvait pas assouvir ce besoin…

L'hôtesse apporta une appétissante collation, qu'Emily refusa ostensiblement.

— Il faut que tu manges, Emily ! s'exclama Alexander en fronçant les sourcils.

En effet, elle n'avait rien avalé depuis le matin, et il commençait à s'inquiéter. Elle devenait décidément ingérable…

— Non, répondit-elle, les dents serrées. Pas question que je te fasse ce plaisir…

Olivia, qui n'avait rien perdu de cet échange acide, jugea préférable d'intervenir. Les relations entre le frère et la sœur s'étaient tellement envenimées que toute communication entre eux semblait désormais impossible.

— J'aimerais avoir une conversation avec toi, Emily, murmura-t-elle avec une infinie douceur.

— Reste en dehors de tout ça, tu veux bien, Olivia ? coupa Alexander avec autorité.

A ces mots, un sourire éclaira tout à coup le visage d'Emily.

— Alors, c'est bien ça, tu n'es pas Kim mais Olivia ! s'exclama-t-elle, ravie. Je m'en doutais depuis un moment. J'ai tellement entendu parler de toi, de tes frasques, de ton côté rebelle, Olivia, que j'ai toujours eu envie de te rencontrer ! avoua-t-elle avec enthousiasme.

Olivia sourit.

— Eh bien c'est fait, lança-t-elle, amusée. Mais tu risques d'être déçue : peut-être suis-je un peu moins rebelle qu'autrefois !

Elles échangèrent un sourire complice, au grand dam d'Alexander.

— Ecoute, Olivia, ce n'est vraiment pas le sujet, coupa-t-il. Ni le moment pour Emily de bavarder, voyons !

De quoi se mêlait-il ? pensa Olivia, indignée. Emily, adolescente visiblement en perte de repères, avait besoin d'aide, c'était évident ! Pourquoi lui interdisait-il de lui parler ?

— Je me fiche de ce que tu penses, Alexander ! dit-elle avec force. J'ai vécu avec ma mère une expérience similaire à celle d'Emily. Moi non plus, je n'avais pas le droit de parler d'elle, je devais faire comme si elle n'avait jamais existé, et le fardeau a été très lourd à porter. Je suis sûre que nos histoires communes peuvent nous rapprocher ! Que je peux lui donner des conseils, ou, tout au moins, l'écouter !

Emily ne pouvait détacher ses yeux d'Olivia.

— Toi non plus, tu ne voyais pas ta mère ? interrogea-t-elle, incrédule.

— Non. Elle était si malheureuse avec mon père

qu'elle a quitté le domicile conjugal, nous laissant seules, ma sœur et moi.

— Ma mère ne s'est jamais occupée de moi, elle non plus, expliqua Emily d'une voix mal assurée, mais j'ai envie de la voir. C'est bizarre, n'est-ce pas ?

— Non, ça n'a rien de bizarre ! protesta Olivia avec vigueur. Tu ne peux pas faire comme si tout à coup tu n'avais plus de parents. Ils font partie de toi, que tu le veuilles ou non, et il vaut mieux affronter cette réalité plutôt que de faire l'autruche. Je suis convaincue que parler à ta mère te ferait du bien, en t'aidant à comprendre ce qui s'est passé, en évacuant ce poids qui t'oppresse. Et entendons-nous bien, comprendre ne veut pas forcément dire pardonner…

— Mais Alexander ne veut même pas que je la rencontre ! s'écria Emily, révoltée.

Olivia lui prit la main et, la serrant dans les siennes, lui adressa un sourire d'une infinie tendresse.

— Peut-être dois-tu apprendre à lui parler à lui aussi, à admettre qu'il essaie seulement de t'aider, même s'il ne s'y prend pas toujours très bien ? suggéra-t-elle avec douceur. Tu sais, Emily, par rapport à moi, tu as beaucoup de chance : tu as un frère aîné qui t'aime et qui est prêt à tout pour te rendre heureuse, un frère qui a joué le rôle de père pour toi, qui t'aide à devenir adulte. Personne n'a joué ce rôle pour moi et j'en paye le prix aujourd'hui. Si j'avais eu quelqu'un pour me guider, je n'aurais pas fait toutes ces bêtises, j'aurais construit ma vie… Au lieu de ça…

Elle s'interrompit et se força à sourire.

— Au lieu de ça, j'ai parfois l'impression d'être encore une adolescente attardée qui ne sait pas gérer ses pulsions, acheva-t-elle dans un murmure.

Elle en avait trop dit. Mal à l'aise, elle baissa la tête pour éviter de croiser le regard d'Alexander, qui, elle le savait, la fixait.

— Mais ça, c'est une autre histoire, ajouta-t-elle comme si elle se parlait à elle-même.

— La salle de réunion est au deuxième étage, indiqua la réceptionniste installée derrière son bureau.

L'estomac noué, Olivia remercia d'un bref signe de tête et se dirigea vers l'ascenseur qui desservait les dix étages de bureaux d'une tour au design futuriste.

En passant devant un panneau vitré, elle vérifia sa tenue d'un coup d'œil anxieux. Etait-elle trop élégante ? Pas assez ? se demanda-t-elle, le cœur battant. Qu'allaient-ils penser d'elle ?

Elle fut momentanément rassurée. Le tailleur-pantalon qu'elle avait acheté la veille était parfaitement adapté à la situation — branché juste comme il fallait, ni trop ni trop peu — ses cheveux relevés en chignon lui donnaient l'air sérieux qu'elle souhaitait, et son rouge à lèvres rouge vif égayait le tout.

Il lui en avait fallu de l'énergie et des arguments pour convaincre Nate de ne pas lui retirer le projet, de lui accorder encore une chance ! Et, miracle, il avait fini par accepter !

Voilà pourquoi elle se retrouvait au siège de LifeStyle, pour y défendre le dossier face à ses dirigeants… Vincent Gray inclus.

Suivant les conseils d'Alexander, elle avait réussi à faire la part des choses : la meilleure façon de donner une leçon à ce personnage indigne était de l'affronter, de lui montrer qu'elle n'avait pas peur de lui. Battre en retraite, c'était devenir la coupable, alors qu'elle n'avait jamais été qu'une victime…

Mais à cet instant, la perspective de se retrouver en sa présence lui était infiniment pénible. Avant de pénétrer dans la pièce, elle s'arrêta un instant et prit une profonde inspiration.

Il fallait qu'elle soit bonne, excellente, même ! C'était la dernière chance que leur projet soit retenu, car d'autres agences talentueuses avaient été sélectionnées. Elle jouait son va-tout, et de cette entrevue dépendait son avenir professionnel. Elle n'avait pas droit à l'erreur.

Elle frappa à la porte et pénétra dans la pièce. A présent, elle comprenait ce que devaient ressentir les condamnés quand ils entraient dans la fosse aux lions !

La salle de conférences était immense. Elle s'avança vers la table et confia son ordinateur à une assistante qui le brancha : l'écran s'alluma.

— Bienvenue, mademoiselle Stanton, déclara l'un des hommes assis sur des fauteuils en cuir face à l'écran. Je suis Daniel Adams, le remplaçant de Vincent Gray.

— Vincent Gray ne viendra pas ? demanda Olivia en tentant de dissimuler sa stupéfaction.

— Non, il vient de donner sa démission…

Elle retint un sourire. Bien fait pour lui ! Alexander l'avait-il poussé à la démission après ce qu'elle lui avait révélé ? Elle n'eut pas le temps de se poser la question…

— Nous vous écoutons, mademoiselle Stanton, reprit Daniel Adams d'un ton directif.

Olivia se redressa, toussota et… se lança. Elle mit quelques secondes à trouver sa voix, son rythme, et se sentit très vite en pleine possession de ses moyens. Elle croyait à son projet, et elle voulait qu'on y croie.

Mais Daniel l'interrompit à mi-course, la laissant décontenancée.

— Très intéressant, cette idée d'utiliser les réseaux sociaux, mais ne trouvez-vous pas qu'il y a une contradiction entre une ligne de vêtements pour le sport et l'action et le fait de s'adresser à des jeunes qui, par définition, ne bougent pas puisqu'ils sont assis devant leur ordinateur ?

D'abord déstabilisée, Olivia se reprit bien vite.

— Si, tout à fait, et j'y ai pensé. Nous allons organiser une sorte de gigantesque chasse au trésor en donnant des indices sur internet, et en envoyant les participants dans des endroits improbables, en pleine nature, pour dénicher le sésame. Avec un prix à la clé, dont un équipement LifeStyle, bien sûr. Les gens pourront s'échanger des tuyaux en ligne, comparer leurs résultats, se donner rendez-vous ! Tout le monde en parlera, croyez-moi !

Daniel échangea avec son directeur artistique un regard satisfait. L'idée, originale et tout à fait cohérente avec l'image qu'il voulait donner aux produits LifeStyle, lui plaisait visiblement beaucoup.

Consciente d'avoir marqué un point, Olivia reprit sa démonstration, n'oubliant aucun détail, aucun chiffre, étayant chacun de ses arguments par des preuves tangibles.

Quand elle s'arrêta et observa avec angoisse le visage de ses auditeurs, elle comprit à leurs mines réjouies qu'elle avait gagné la partie.

Certains des directeurs la félicitèrent pour sa créativité, son professionnalisme, et Daniel Adams confirma qu'il approuvait le projet.

— Vous êtes la dernière agence que nous rencontrons, mademoiselle Stanton, et je dois avouer que nous sommes conquis. Il faut cependant que nous en rediscutions ensemble. Nous vous donnerons notre décision finale dans quelques jours.

Olivia s'empêcha de laisser éclater sa joie.

D'abord, ça n'aurait pas été très professionnel, et ensuite, même si l'affaire semblait bien engagée, tout était encore possible. Il ne fallait pas se réjouir trop vite, mais pour la première fois de sa vie, elle avait l'impression d'avoir été respectée, écoutée, et admirée.

C'était tout simplement merveilleux…

11.

Carlos l'avait prévenu, mais il avait eu du mal à le croire. Et pourtant, c'était la triste vérité : Olivia habitait dans l'un des quartiers les plus défavorisés de New York, non par choix, bien sûr, mais par manque de moyens…

Il gara sa voiture sur la chaussée défoncée et se dirigea vers le petit immeuble en piteux état où elle occupait un studio, au quatrième étage.

Le retour d'Abu Dabi était rude. Sa semaine de travail au Moyen-Orient avait été épuisante, et ses soucis personnels ne faisaient qu'empirer : Isabella le harcelait de coups de fil menaçants et Emily lui parlait à peine…

Des dossiers importants nécessitaient des décisions urgentes, et pourtant, à peine rentré, il avait tout laissé tomber pour aller voir Olivia.

Olivia, dont Carlos venait de lui apprendre qu'elle avait été blessée par un journaliste à l'issue de sa présentation chez LifeStyle…

— Je sortais de la voiture pour lui ouvrir la portière quand un type s'est approché trop près d'elle et, en essayant de prendre une photo en gros plan, lui a éraflé la joue, lui avait-il raconté.

— Quel sauvage ! s'était écrié Alexander, révolté.

— C'est à vous qu'on s'intéresse à travers elle, avait ajouté Carlos, après un instant d'hésitation. C'est parce qu'elle sortait de la tour King que les journalistes l'attendaient.

Il s'interrompit et sembla hésiter.

— On se connaît depuis longtemps, Alexander, reprit-il

d'une voix mal assurée, et je me couperais en quatre pour vous, mais malgré le respect que je vous dois, je vais vous dire le fond de ma pensée. Vous êtes un homme intègre et loyal, alors laissez-la sortir de votre vie. Sinon, elle risque d'y laisser des plumes…

Olivia enfila un T-shirt trop grand pour elle qui lui tenait lieu de robe d'intérieur. Elle sortait de la douche, ses cheveux étaient mouillés, elle était épuisée… mais ravie.

Le projet avançait. Elle était retournée plusieurs fois au siège de LifeStyle, espérant sans vouloir se l'avouer apercevoir Alexander, mais son attente avait été déçue. Elle avait fini par apprendre par une secrétaire qu'il était en voyage d'affaires.

C'était mieux ainsi…

Depuis leur arrivée à New York, ils n'avaient pas cherché à se joindre. Il était sorti de sa vie, et elle devait en prendre acte. Leur séjour à Paris lui paraissait presque irréel, avec le recul.

Elle entendit une sorte de grattement à sa porte et poussa un soupir. Pinto, son chat, était insupportable ! Dès qu'elle le mettait dehors, il fallait qu'il revienne !

Il n'avait qu'à attendre, ça lui donnerait une leçon, se dit-elle, décidée à ne pas lui céder.

Mais le grattement reprit. Elle s'apprêtait à se lever pour tirer le verrou et le faire rentrer, résignée, quand la porte s'ouvrit à la volée.

Elle crut qu'elle allait se trouver mal en apercevant Alexander.

Que faisait-il ici, chez elle ? Et qu'avait-il à lui dire ?

Elle s'efforça de reprendre le contrôle d'elle-même et réalisa tout à coup qu'il était entré en force.

— J'espère que tu n'as pas cassé la serrure…, balbutia-t-elle en fronçant les sourcils.

— Parce que tu appelles ça une serrure ? s'exclama-t-il d'un ton rageur. On rentre chez toi comme dans un moulin, Olivia, il suffit de donner un coup d'épaule ! Tu trouves ça normal, dans un quartier aussi mal famé que le tien ? J'ai croisé des junkies sur ton trottoir ! Un jour, tu vas te faire agresser, c'est sûr !

Elle ne répondit pas. Elle n'en était pas capable, tant le simple fait de se retrouver face à lui la bouleversait. Il semblait tendu, ses yeux étaient cernés, une barbe naissante dessinait son menton volontaire, mais il était plus séduisant et viril que jamais. L'homme le plus attirant qu'elle ait jamais rencontré, pensa-t-elle. Le seul homme qui compterait jamais pour elle, elle le réalisait tout à coup avec horreur…

Une bouffée de chaleur la submergea au souvenir de leurs ébats, mais elle maîtrisa son émotion.

Il n'y avait rien entre elle et Alexander, tenta-t-elle de se convaincre. Si Kim ne l'avait pas obligée à la remplacer, il aurait continué à l'ignorer. Tout ça n'était qu'un concours de circonstances, rien de plus…

Que lui voulait-il ? pensa-t-elle, en plein désarroi. Pourquoi était-il venu la poursuivre jusque chez elle ?

— Habille-toi, ordonna-t-il tout à coup d'une voix qui n'admettait pas la réplique. On s'en va…

La stupéfaction se peignit sur le visage d'Olivia.

— Pardon ? s'exclama-t-elle, choquée. Tu m'ordonnes de m'habiller, de te suivre ? Aurais-je mal entendu ? Il se trouve que je suis une grande fille qui décide par elle-même de ses faits et gestes, jusqu'à preuve du contraire, en tout cas… Laisse-moi tranquille, tu veux ?

Loin de lui obéir, il se mit à ouvrir avec frénésie les tiroirs et placards de la minuscule kitchenette qui lui tenait lieu de cuisine, puis se retourna vers elle, l'air effaré.

— C'est ici que tu habites ? Dans cet appartement délabré ? Avec des placards vides, rien à te mettre sous la dent, même pas un bout de pain ? Et des délinquants en bas de chez toi qui ont sûrement repéré que tu vivais seule et s'apprêtent à faire un mauvais coup ?

Elle s'avança vers lui, les bras croisés sur la poitrine, le visage marqué par la fureur.

— Je ne te permets pas ! protesta-t-elle. De quel droit veux-tu régenter ma vie ? Je vis seule depuis des années, et je me débrouille très bien. Je n'ai pas besoin de toi.

Il s'avança d'un pas et effleura de l'index la marque qu'avait laissée sur sa joue le photographe.

— Et tu vois où cela te mène..., murmura-t-il avec une douceur soudaine.

Ils restèrent face à face, sans prononcer un mot, et Olivia crut qu'elle allait se trouver mal. Elle ferma les yeux et inspira pour s'imprégner du parfum qu'elle aurait reconnu entre tous, affolant mélange de sa peau mâle et des notes d'agrumes de son eau de toilette. Un frisson la saisit, qu'elle réprima avec difficulté.

— Pourtant, tu es bien placée pour savoir de quoi sont capables les journalistes, reprit-il sans cesser de la regarder.

Olivia avait eu le temps de maîtriser son trouble.

— C'est vrai, répondit-elle enfin. Mais cette fois, c'est parce que je sortais de tes bureaux que je les intéressais.

— Comment le sais-tu ?

— Parce que l'un d'entre eux m'a demandé si c'est parce que j'étais ta belle-sœur que j'avais été choisie par LifeStyle, avoua-t-elle d'une voix crispée. Inutile de te dire que je l'ai envoyé sur les roses !

Alexander eut une moue agacée.

— Mais pourquoi, Olivia, pourquoi ? Tu sais très bien qu'ils adorent pousser les gens à bout ! Tu aurais pu te contrôler, tout de même !

Ne comprenait-il pas qu'elle avait été atteinte dans son orgueil ? se demanda-t-elle, profondément blessée. Ce projet était sa bouée de sauvetage, et elle ne laisserait personne dire qu'elle l'avait eu par piston, quoi qu'en pense Alexander !

— De toute façon, qu'est-ce que ça peut bien te faire ? ajouta-t-elle d'un ton désabusé. Et d'ailleurs, pourquoi es-tu venu me voir ?

Une ombre passa sur le beau visage d'Alexander.

Il s'assit brusquement sur le petit canapé qu'elle avait chiné aux puces, puis la prit par la main et la força à s'asseoir à côté de lui.

Elle aurait dû résister, mais elle se laissa faire, le cœur battant. Même si c'était une folie, elle était heureuse d'être là, avec lui, de le voir, de l'entendre…

— Il fallait que je te voie, commença-t-il d'une voix sourde…

Le trouble d'Olivia s'accentua. Pourquoi ce ton soudain mal assuré, ces traits crispés ? Jamais elle ne l'avait vu ainsi…

— Je voulais te dire que tu as tort, Liv. Ce qui s'est passé entre nous, c'est… Je ne veux pas que tu croies que j'ai juste profité de la situation, parce que c'était toi. Tu es une fille bien, Olivia et je ne donne aucun crédit à ce qu'on colporte sur toi. Tu dois t'en convaincre, au lieu de te dévaloriser en permanence. Et je ne parle pas seulement au plan professionnel.

— Mais, je…

Il l'interrompit en lui fermant la bouche de l'index, dans un geste d'une infinie tendresse.

— Tu es une femme merveilleuse, Olivia, une femme qui a pris le pouvoir sur moi à tel point que je ne me reconnais plus… Quand tu es là, je ne pense plus, je ne suis plus moi-même, je suis prêt à toutes les folies…

Ces mots qui auraient dû la réjouir la laissèrent en plein désarroi. Certes, il admettait l'attirance qu'il avait pour elle, mais il paraissait la regretter, la combattre !

Pourquoi ne se laissait-il pas aller à ses émotions, à ses pulsions, pourquoi ne permettait-il pas à leur passion de s'épanouir ? Car il s'agissait bien d'une passion, peut-être seulement charnelle pour lui, mais dévastatrice pour elle !

Car elle l'aimait de toute son âme, elle en était parfaitement consciente, à présent ! Jamais personne ne l'avait comprise comme lui, jamais personne ne l'avait encouragée à être elle-même, à s'assumer ! Sans lui, elle ne serait pas retournée voir Nate, elle n'aurait pas gardé le projet !

Par sa tendresse, sa force de persuasion, il l'avait aidée à aller plus loin, à croire en elle, à s'affranchir de ce sentiment de culpabilité diffus qu'elle traînait depuis l'enfance.

Il avait fait d'elle une autre femme…

Mais à quoi bon aimer un homme qui s'interdisait d'avoir des sentiments, de laisser ses émotions prendre le pas sur sa raison ?

Lui qui se croyait invincible avait peur d'aimer, peur de dévoiler sa vulnérabilité, peur d'elle, qui représentait tous les dangers à ses yeux… Tiraillé entre des forces contradictoires, il s'interdisait de suivre cet élan qui le poussait vers elle.

— Tu me rends fou, Olivia, mais je ne peux pas t'offrir ce que tu attends de moi, ce que tu attends d'un homme, reprit-il en lui lançant un regard douloureux. Je n'aurais pas dû venir ici. Chasse-moi, je t'en prie ! Tout ça n'a aucun sens, et je ne veux pas te faire souffrir…

Probablement avait-il raison.

Probablement aurait-elle dû lui obéir, lui enjoindre de partir, de la laisser en paix.

Mais agir ainsi, c'était ne plus le voir, et elle ne pouvait même pas l'envisager. Quel que soit le prix à payer, elle voulait qu'il reste, encore un peu, juste le temps d'aller au bout de cette aventure qui, entre eux, avait à peine commencé. Même si leur histoire ne durait que quelques heures, qu'une seule nuit… Elle chérirait ces précieux moments jusqu'à la fin de ses jours, parce qu'elle aurait enfin été à lui.

Elle s'avança d'un pas, se hissa sur la pointe des pieds et posa ses lèvres sur les siennes. Le corps en feu, elle songea un instant que s'il la repoussait, elle n'y survivrait pas.

— Ne pars pas, Alexander, ne pars pas…, balbutia-t-elle dans un souffle.

12.

Un silence tendu s'établit dans la pièce.

Alexander allait certainement partir, pensa Olivia, le cœur battant. Ne lui avait-il pas expliqué qu'ils ne devaient plus se voir, qu'il n'avait rien à lui offrir ?

Mais allait-il comprendre qu'à cet instant, peu lui importaient l'avenir, les promesses, l'engagement ? Une seule chose comptait, pour laquelle elle aurait donné sa vie entière, sans se préoccuper des risques qu'elle encourait.

Elle voulait qu'Alexander lui fasse l'amour, une fois, rien qu'une fois. Ensuite, elle aurait toute la vie pour chérir à jamais ce moment, ressasser à l'infini ses souvenirs. Car elle avait compris qu'aucun homme ne pourrait jamais remplacer Alexander dans son cœur. Il était celui qu'elle attendait depuis toujours, sans même le savoir. C'était désormais une évidence !

— Tu es décidée à ne pas me faciliter la tâche, c'est ça ? murmura-t-il d'un ton grave, en lui posant doucement les mains sur les épaules.

Elle ferma les yeux, électrisée par ce simple contact. A travers le fin coton de son T-shirt, elle avait l'impression que la chaleur de ses paumes lui brûlait la peau.

Bouleversée, elle attendit. Quelque chose allait se passer, songea-t-elle, submergée par l'émotion. Il allait l'embrasser ! Ou sinon, elle en mourrait...

La gorge nouée, elle attendit, palpitant d'impatience. C'était à lui de se dévoiler à présent, à lui d'aller vers elle !

N'avait-elle pas été assez claire ? Qu'il assume à son tour ses pulsions ! Elle savait qu'il avait envie d'elle...

Lentement, il lui glissa une main dans les cheveux et les tira en arrière pour lui dégager le cou.

Elle avait gagné, pensa-t-elle, éblouie de bonheur, tandis qu'il se penchait vers elle, lui effleurant le cou de ses lèvres, s'attardant derrière l'oreille, sur la nuque, sous le menton.

Elle se sentit défaillir de plaisir. C'était tout simplement divin... Elle s'attendait à ce qu'il s'empare enfin de ses lèvres, mais il s'écarta d'elle.

— Enlève ton T-shirt, murmura-t-il d'une voix rauque. Je rêve de te voir nue, rien que pour moi, de sentir ta peau contre la mienne.

Tout en parlant, il commença à se déshabiller. De ses doigts rendus malhabiles par l'impatience, il arracha plutôt qu'il ne défit ses boutons. Après avoir retiré sa chemise qu'il lança à terre, il ôta son pantalon, puis son caleçon.

Eblouie d'admiration, Olivia découvrit son corps parfait. Il était l'incarnation même de la beauté virile, avec ses larges épaules, son ventre plat et musclé, ses longues cuisses puissantes.

Et son sexe... Il était déjà fièrement dressé pour elle, imposant et émouvant à la fois.

— Je te laisse encore trois secondes pour dire non, déclara-t-il d'un ton presque solennel.

Elle garda le silence. De toute façon, elle était incapable de parler, de réfléchir, de formuler une pensée construite. Elle avait seulement envie de toucher Alexander, de se serrer contre lui, de s'abandonner à ses mains expertes.

Il la prit par la main et l'entraîna vers le lit.

Dans un état second, elle le suivit docilement. Il s'allongea sur elle, pesant de tout son poids. Elle sentait ses cuisses musclées contre les siennes, son sexe durci contre son ventre, il lui écrasait la poitrine, lui coupant le souffle, mais elle aurait voulu que cet instant ne s'arrête jamais.

Il se releva et darda sur elle un regard intense, comme

s'il voulait lire dans ses pensées. Elle soutint son regard, incapable de tricher, de cacher la passion qui brûlait en elle. Tant pis s'il devinait sa vulnérabilité, le besoin vital qu'elle avait désormais de lui, elle l'acceptait !

Elle le voulait, tout de suite, jusqu'au bout de la nuit, sans se cacher la dure réalité : dès le lendemain, il la quitterait, et elle le laisserait partir sans dire un mot.

Son corps n'était plus qu'attente.

Elle était prête à l'accueillir jusqu'au cœur de sa féminité. Elle voulait l'enlacer, le caresser, avide de toucher sa peau nue, mais n'osa pas : une ultime pudeur l'arrêta, qu'il décela aussitôt.

— Tu ne veux pas ? chuchota-t-il. Je peux encore partir, si tu me le demandes…

— Non, reste ! protesta-t-elle dans un cri du cœur.

— Tu es sûre ?

— Je n'ai jamais été aussi sûre, confirma-t-elle dans un souffle.

Alors, doucement, il lui enleva le T-shirt qui lui tenait lieu de robe d'intérieur, sous lequel elle ne portait pas de soutien-gorge. Emerveillé, il prit le temps d'admirer ses seins aux courbes généreuses, dévorant des yeux l'aréole sombre, les mamelons dressés, la peau veloutée.

Ce regard insistant enflamma Olivia aussi sûrement qu'une caresse. Pouvait-on faire l'amour avec les yeux ? A cet instant, elle aurait presque juré que oui…

Elle se cambra pour faire saillir ses seins, fière de leur rondeur, de leur fermeté. Sous le regard d'Alexander, elle se sentait merveilleusement femme, prête à toutes les audaces.

Puis, avec la même douceur, il lui retira son string. Elle l'aida maladroitement, angoissée tout à coup. Et si elle n'était pas à la hauteur ? Si elle ne correspondait pas à ce qu'il cherchait chez une femme ?

Mais elle fut bien vite rassurée. Il s'écarta et l'observa d'un regard brûlant. Ainsi offerte, nue sur les draps blancs, elle était ensorcelante, pensa-t-il. Au creux de son ventre on apercevait sa toison claire, ses cuisses fuselées semblaient faites pour qu'il les caresse.

— Tu es si belle…

Enfin, n'y tenant plus, il l'enlaça et la serra de toutes ses forces. Ils restèrent ainsi lovés l'un contre l'autre, comme s'ils voulaient se fondre en un seul être, comme si rien ni personne ne pouvait jamais les séparer.

Mais le désir déferla en eux, aussi violent et incontrôlable qu'un raz-de-marée. Leurs souffles s'accélérèrent, leurs cœurs se mirent à battre la chamade à l'unisson.

— Liv, oh, Liv ! lança Alexander d'un ton suppliant. Je voulais prendre mon temps, mais tu me rends fou…

Il voulait tout d'elle, pensa-t-il. Elle était la femme, celle dont il avait toujours rêvé, libertine et timide, farouche et docile, forte et vulnérable… Elle était toutes les femmes.

Il la pénétra d'un coup, et elle poussa un cri. Il était si grand, si dur ! pensa-t-elle, éblouie. Elle se cambra pour mieux s'ouvrir à lui, et il s'enfonça plus profondément. Il marqua un temps d'arrêt, pour savourer ce premier instant, mais il ne pouvait plus attendre.

Des forces incontrôlables se déchaînèrent en lui. Elle l'accueillit avec ravissement, et leur danse d'amour commença, de plus en plus rapide, de plus en plus frénétique.

Plus rien n'existait pour Olivia que cet homme qui la pénétrait, déclenchant en elle mille sensations exquises. Elle aurait voulu que ce moment ne s'arrête jamais, qu'il reste pour toujours en elle.

Ils s'accrochèrent l'un à l'autre, tandis que le plaisir se libérait en eux, aussi impérieux qu'une vague de fond venue du plus lointain de l'océan.

Soudain, elle sentit Alexander trembler, puis s'immobiliser. Il lui sembla que le temps s'arrêtait. Un spasme la saisit à l'instant même où sa semence se répandait en elle.

Dans un même cri d'extase, ils atteignirent ensemble le point de non-retour avant de retomber dans les bras l'un de l'autre, épuisés et comblés.

Longtemps, Olivia resta dans un état second, incapable de dire si c'était le jour ou la nuit, si elle était à New York ou à Paris. Plus rien n'avait d'importance, à part le fait qu'elle venait de faire l'amour avec Alexander et que c'était l'expérience la plus extraordinaire qu'elle ait jamais vécue.

Ils restèrent quelques minutes immobiles, toujours enlacés, le temps que leur souffle reprenne un rythme normal. Le temps de revenir sur terre après ce séisme…

Tout à coup, Alexander s'écarta d'elle et lui jeta un coup d'œil inquiet.

— Je ne t'ai pas fait mal ? demanda-t-il.

Pour toute réponse, elle secoua la tête négativement, un sourire extatique aux lèvres.

— J'ai été trop rapide, Liv, murmura-t-il, mais j'avais tellement envie de toi ! Depuis si longtemps !

Elle sourit de nouveau et il déposa deux baisers sur les pointes de ses seins.

— Tu me fais fondre, dit-il en la dévorant du regard. Tu me fais fondre, et tu me rends fou…

Il ferma les yeux et se pressa contre elle. Il était de nouveau en érection, ce qui bouleversa Olivia. Ils venaient de faire l'amour et il voulait déjà recommencer ! N'était-ce pas merveilleux ? Avait-elle donc un si grand pouvoir sur lui ?

Comme pour confirmer ses pensées, il la serra contre lui et leurs lèvres se joignirent.

Sa langue fouillait sa bouche, et elle s'abandonna à cette caresse experte. Quand, à bout de souffle, ils s'écartèrent enfin l'un de l'autre, le feu qui couvait en eux s'était embrasé.

Cette fois, c'est elle qui partit à la découverte de son corps. Les yeux brillants, elle parcourut sa peau douce, s'attardant sur son torse, jouant avec les poils de sa toison brune, caressant son ventre musclé puis, plus bas encore, son membre viril.

Elle le sentit vibrer sous ses doigts, tandis que sa respiration s'accélérait.

— Olivia..., dit-il d'une voix sourde. Je te veux toute...

Joignant le geste à la parole, il glissa une main entre ses jambes, au cœur de sa féminité, et s'attarda sur le bouton secret qui se nichait au creux de ses cuisses.

Elle renversa la tête en arrière et leva le bassin pour mieux s'offrir à ses doigts audacieux, ondulant de plaisir. La caresse était si exquise qu'elle étouffa un cri.

— Tu aimes, Liv ? murmura-t-il.

Pour toute réponse, elle s'accrocha à lui et chercha ses lèvres. Ils s'embrassèrent avec passion, avides de se découvrir, de se posséder.

Alexander se détacha d'Olivia et happa l'un après l'autre ses mamelons dressés, attisant encore son désir. Puis ses lèvres s'aventurèrent vers son ventre, et plus bas encore...

Olivia s'ouvrit pour accueillir sa bouche gourmande au cœur même de son intimité. Puis, insatiables, les mains d'Alexander prirent le relais de ses lèvres. Quand il glissa un doigt en elle, elle se pâma, extatique.

Comment savait-il exactement ce dont elle rêvait sans même oser se l'avouer ? songea-t-elle, émerveillée. C'était comme s'il avait le pouvoir de deviner et d'assouvir ses fantasmes les plus osés !

Il la sentit vibrer de plaisir sous sa caresse, et il lui sembla qu'il n'avait jamais rien vécu de plus excitant...

Alors il la lâcha et se pencha vers elle.

— Cette fois, je vais prendre tout mon temps, lui murmura-t-il à l'oreille d'une voix rauque. Je veux que tu te souviennes de cette nuit à jamais...

Et il tint parole...

Il attisa leur désir avec une incroyable expertise, se retirant d'elle quand il la sentait prête à atteindre le point de non-retour, ralentissant la cadence pour qu'elle le supplie de la prendre, s'immobilisant au-dessus d'elle pour mordiller les pointes dressées de ses seins.

Ce fut elle qui, incapable d'attendre plus longtemps, reprit l'initiative. Assise à califourchon sur lui, elle se pencha pour lui caresser la poitrine de ses longs cheveux en désordre, puis de ses seins.

Elle prolongea longtemps sa caresse jusqu'à ce qu'il soit sur le point d'exploser.

Alors, n'y tenant plus, il la fit rouler sous lui et la pénétra lentement…

Olivia s'abandonna à son étreinte, et des larmes perlèrent à ses yeux.

Jamais l'acte d'amour n'avait eu autant de sens, pensa-t-elle, bouleversée. C'était comme s'ils étaient faits pour s'unir, s'offrir l'un à l'autre, se donner du plaisir…

Il prit son temps, et la tension monta en eux, inexorable, presque insupportable, jusqu'à l'explosion finale.

Peu importait ce qui arriverait à présent, songea Olivia dans un état second. Ce qu'elle venait de vivre dans les bras d'Alexander était plus beau encore que ce qu'elle aurait jamais pu imaginer dans ses rêves les plus fous…

13.

Le contact des lèvres d'Alexander réveilla Olivia et elle s'étira langoureusement, savourant sa caresse. Il l'embrassait au creux de ses reins, sur son tatouage, elle en était certaine.

— J'adore ce papillon, murmura-t-il sans cesser de l'embrasser. Et il est si bien placé…

Maîtrisant avec peine un accès de jalousie aussi violent qu'irraisonné, il se retint de lui demander combien d'hommes avant lui avaient posé leurs lèvres à cet endroit. Soudain, la seule idée qu'elle avait été dans les bras d'un autre le rendait fou.

C'était stupide ! pensa-t-il, agacé contre lui-même. Jamais il n'avait éprouvé ce genre de sentiment primaire, irrationnel, incontrôlable.

De toutes les femmes qu'il avait connues — et il y en avait eu un certain nombre — aucune n'avait suscité en lui ce genre de réaction. Il ne leur posait généralement pas de questions, peu curieux d'en savoir davantage sur leur passé sentimental. Avec Olivia, c'était tout le contraire, et il n'en revenait pas lui-même.

Il se serra contre elle et s'empara de ses seins d'une main possessive, titillant ses mamelons entre le pouce et l'index.

Chavirée d'émotion, elle s'abandonna avec délice à ses doigts impudiques.

— Alexander…

L'espace d'un instant, elle faillit lui avouer qu'elle l'aimait, qu'elle n'imaginait plus la vie sans lui, mais elle garda le silence. A quoi bon gâcher ces moments d'exception désormais comptés, où il était encore tout à elle ?

— Je meurs d'envie de te faire l'amour encore une fois, mais il faut être raisonnable, lui glissa-t-il à l'oreille. Je pars demain aux Caraïbes pour une semaine, et j'ai des tas de choses à faire…

— Tu pars aux Caraïbes ? balbutia-t-elle, le cœur serré.

— Nous partons, corrigea-t-il.

Il se leva du lit, et Olivia fixa, fascinée, son magnifique corps d'athlète, avant de revenir à la cruelle réalité. Elle aurait tout donné pour le suivre, mais c'était impossible…

— Alexander, je ne peux pas ! s'exclama-t-elle, en plein désarroi. Mon travail…

Il sourit.

— Je sais par Daniel que le budget pour ta campagne a été validé, déclara-t-il. Alors tu as bien droit à une petite semaine de vacances pour te récompenser de ce succès, non ? Et tu pourras travailler via internet, bien sûr. Une semaine, Liv, je ne te demande qu'une semaine !

Une semaine de passion, et ensuite le rêve s'écroulerait, songea-t-elle, la gorge nouée. N'était-ce pas une folie de s'autoriser tout ce bonheur ? La solitude n'en serait-elle pas plus insupportable encore, après ?

Elle aurait dû avoir le courage de dire non, pour se protéger, mais en fut incapable.

Même pour quelques heures avec lui, elle était prête à tout endurer…

Ils s'habillèrent à la hâte, et au moment de partir, Alexander attira Olivia dans ses bras et la serra contre lui.

Ils restèrent ainsi enlacés, sans un mot, et Olivia songea qu'elle se souviendrait toute sa vie de ce petit studio minable, du lit aux draps chiffonnés, et de cette nuit magique qui l'avait transformée.

— Viens, on y va ! lança enfin Alexander.

— Mais je ne peux pas partir comme ça !

— Si. La serrure de la porte d'entrée ne marche plus, et il n'est pas question que je te laisse ici toute seule. Carlos va s'occuper de la faire réparer et transportera tes affaires dans ton nouvel appartement.

— Mon nouvel appartement ? s'exclama-t-elle, les yeux écarquillés par la surprise.

— Oui, confirma-t-il d'un ton qui n'admettait pas de réplique. Carlos a déniché une perle dans un bien meilleur quartier. C'est beaucoup trop dangereux ici pour une ravissante célibataire comme toi. Tout est arrangé, ne t'inquiète pas…

— Alexander ! Je…

D'un geste tendre, il lui posa un doigt sur la bouche pour la faire taire.

— Ne dis rien. S'il ne te plaît pas, tu en trouveras un autre. Dépêchons-nous, avant que les rapaces arrivent ! Je veux parler des paparazzis, naturellement.

Il la regarda avec une infinie douceur, nota ses traits tirés, sa bouche gonflée par leurs baisers… Ils n'avaient pas beaucoup dormi. Pas du tout, en fait…

— Je suis désolé d'avoir à t'imposer ce jeu du chat et de la souris, reprit-il, mais c'est plus prudent…

Elle se força à sourire, mais son cœur était lourd. Elle aurait tant aimé pouvoir se montrer avec lui, même seulement au titre de petite amie ! Mais non, de nouveau, elle devait se cacher comme lorsqu'elle jouait le rôle de Kim !

Elle n'avait aucune légitimité et n'en aurait jamais, songea-t-elle avec une douloureuse amertume…

Alexander l'avait prévenue, elle ne pouvait rien lui reprocher. Dès le départ, elle savait qu'il ne pouvait lui offrir qu'une liaison éphémère.

Pour son malheur, elle était tombée follement amoureuse de lui, et se prenait, sotte qu'elle était, à rêver de bien plus ! Pourtant il avait été clair : il l'appréciait, il la désirait, mais il ne l'aimait pas… Ne l'avait-il pas mise en garde ?

Soudain, la situation lui apparut dans toute sa cruauté. Elle devait cesser de se voiler la face, faire preuve de courage et de lucidité.

Même si ça faisait mal, très mal…

Continuer à voir Alexander était une folie : c'était s'attacher encore plus à lui, imaginer qu'un jour peut-être il changerait d'avis et l'aimerait en retour.

Mieux valait tailler dans le vif, au lieu de prolonger cette souffrance. Car dorénavant, chaque fois qu'il la regarderait, qu'il la caresserait, elle serait en sursis et se demanderait combien de temps cela durerait encore…

— Alexander, lança-t-elle tout à coup d'une voix tendue, je ne peux pas partir avec toi.

Il s'arrêta net, surpris et furieux à la fois. Pourquoi gâchait-elle toujours tout ? Ils étaient si bien ensemble !

Elle s'avança vers lui, son gracieux visage marqué par l'émotion, et se dressa sur la pointe des pieds pour déposer un baiser furtif sur ses lèvres.

— Que veux-tu dire, Liv ? demanda-t-il en fronçant les sourcils.

Elle le fixa d'un regard intense.

— Tu sais très bien ce que je veux dire. Je suis amoureuse de toi, Alexander…

Il se figea.

— Je t'en prie, Liv, balbutia-t-il, au supplice, tu savais dès le départ que…

— Je ne te demande rien, coupa-t-elle d'une voix étonnamment ferme. Je t'aime, même si je sais que tu n'admettras jamais éprouver le moindre sentiment pour moi, que tu ne nous donneras jamais la moindre chance, et que dans quelques jours tu m'effaceras de ta mémoire aussi sûrement que si je n'avais pas existé. Mais je n'y peux rien, je t'aime, c'est tout. Et je préfère arrêter avant de trop souffrir…

L'émotion submergea Alexander. Jamais il ne s'était senti aussi vulnérable, tiraillé entre des sentiments contradictoires et dévastateurs. Que lui arrivait-il ?

Il ne se reconnaissait plus.

Il fit un effort pour reprendre le contrôle de lui-même, mettre les choses en perspective. Il ne voulait pas faire de mal à Olivia. Il lui devait la vérité... au risque de la perdre.

— Je n'ai rien à te donner, Liv, confirma-t-il d'une voix sourde.

L'espace d'un instant, elle se serra contre lui, mais s'écarta aussitôt comme si elle s'était brûlée. C'était fini, pensa-t-elle, les larmes aux yeux. Personne n'atteindrait jamais le cœur d'Alexander... Pas elle, en tout cas ! Un instant, elle avait cru pouvoir percer la carapace qu'il s'était constituée depuis l'enfance pour se protéger, mais elle s'était trompée.

— Mieux vaut arrêter là, dit-elle dans un souffle. Tu ne sais pas lâcher prise, Alexander, tu ne t'autorises pas à aimer, à laisser parler ton cœur, à exprimer ta sensibilité. Peut-être est-ce dû à ton histoire familiale, aux traumatismes que tu as vécus, mais comment ne comprends-tu pas qu'en t'enfermant ainsi, en croyant te protéger, tu passes à côté de la vie, tu laisses Isabella gagner une deuxième fois ?

Il serra les poings. Il ne voulait pas l'écouter : il se sentait incapable de remettre en question l'équilibre fragile sur lequel il s'était construit.

— Je ne peux pas, Olivia, murmura-t-il.

Olivia essuya les larmes qui perlaient à ses yeux et recula d'un pas.

— Alors, va-t'en ! ordonna-t-elle d'une voix dure. Tout de suite, tant que j'ai encore la force de te chasser...

Ils échangèrent un regard intense, plein d'une infinie tendresse, d'espoirs déçus, mais aussi de reproches et d'amertume.

Alors, incapable de se contenir, désespéré à l'idée qu'il fallait mettre un terme à leur histoire, Alexander prit Olivia dans ses bras et s'empara de ses lèvres avec passion.

Elle se figea, bouleversée, et hésita un instant avant de se laisser aller aux forces irrépressibles qui la poussaient vers lui, avant de répondre à son baiser avec la même ardeur.

La dernière fois, pensa-t-elle, le cœur brisé, c'était la dernière fois…

A cet instant, un flash illumina la pièce à peine éclairée, et Alexander retint un juron. Il se précipita à la fenêtre, juste à temps pour voir un homme s'enfuir, son appareil photo en bandoulière.

Il recula, hébété.

Comment pouvait-il perdre la tête au point de négliger toute prudence, de les exposer tous les deux à la curiosité malsaine des journalistes ?

Olivia n'avait-elle pas déjà assez payé dans ce domaine ?

Il devait à tout prix se ressaisir et sortir de son existence comme elle le lui demandait, pensa-t-il. Dorénavant, il concentrerait ses forces sur les combats à mener dans sa lutte contre Isabella, pour protéger Emily. C'était ça l'essentiel. Olivia, étrangère à cette bataille, n'avait pas de place dans sa vie.

Il se dirigea vers la porte et, la main sur la poignée, se retourna vers Olivia qui n'avait pas bougé. En guise de salut, il se contenta d'incliner la tête sans dire un mot, et s'efforça d'ignorer l'éclat douloureux qui brillait dans ses yeux.

Peut-être pourrait-il oublier son visage tourmenté, mais il ne pourrait jamais effacer de sa mémoire les mots si forts qu'elle avait prononcés.

Elle l'aimait, et il devrait vivre avec ça pour le restant de ses jours…

Alexander était parti, et il ne reviendrait jamais, songea Olivia, effondrée. Elle se jeta sur le lit qui avait abrité leurs ébats et enfouit la tête dans l'oreiller pour retrouver son odeur enivrante. Elle resta prostrée un long moment, trop désespérée pour pleurer, trop faible pour se relever.

C'est la sonnerie du téléphone qui la tira de sa torpeur.

136

— Olivia ?

Elle reconnut immédiatement la voix de Kim et se dressa sur son séant, soudain en alerte.

— Où es-tu ? s'écria-t-elle.

— Chez moi.

— Ne bouge pas, j'arrive, dit Olivia.

— Je suis si malheureuse de t'avoir infligé tout ça, Liv, je...

Elle s'interrompit, la voix brisée.

— Ne t'excuse pas, Kim, protesta Olivia, mal à l'aise. De toute façon, il faut que je te parle. A propos d'Alexander et moi.

— Je sais, répondit Kim. Je ne t'en veux pas. De toute façon, tout ça, c'est ma faute. Viens vite, je t'en prie...

Avant de partir, Olivia voulut ouvrir la fenêtre pour aérer et recula d'un bond.

De l'autre côté de la rue, trois photographes la guettaient, à l'affût. A peine était-elle apparue qu'ils déclenchèrent leurs appareils.

Choquée, elle tira les rideaux à la hâte, bien consciente que ce geste était avant tout symbolique. S'ils avaient décidé de la pister, ils ne renonceraient pas. Rien ne pouvait arrêter un paparazzi, elle ne le savait que trop...

Soudain, elle réalisa qu'au-delà de cette traque insupportable dont elle était de nouveau la cible, la révélation d'une liaison entre elle et Alexander était potentiellement gravissime.

Car rien n'était réglé entre lui et sa mère. Isabella ferait feu de tout bois pour prouver au juge qu'Alexander n'était pas digne d'avoir la garde d'Emily.

Désormais, tout le monde allait savoir qu'elle n'était pas Kim ! Les journalistes, qui connaissaient à présent son domicile, n'auraient aucun mal à le prouver, photos à l'appui...

Si seulement elle pouvait rester terrée chez elle, ne

plus penser à Alexander, aux médias et à tous ces gens qui ne cherchaient qu'à l'enfoncer ! Mais bien sûr, c'était impossible. Elle devait une explication à Kim, elle devait affronter la meute…

Elle attrapa son sac, claqua la porte derrière elle sans se soucier de la serrure qui ne fonctionnait pas, et se retrouva sur le trottoir. Aussitôt, trois personnes l'entourèrent, tandis qu'une quatrième brandissait sous son nez la une d'un magazine people.

La dernière conquête d'Olivia Stanton : le mari de sa sœur jumelle ! Décidément, rien ne l'arrête !

Elle sentit ses jambes se dérober sous elle et faillit tomber. Mais à la dernière seconde, elle se ressaisit. Elle n'allait pas leur faire le plaisir de s'effondrer devant eux, pour qu'ils puissent la photographier à terre, en larmes, comme ils l'avaient déjà fait dans le passé, lorsque son père l'avait chassée du domicile familial !

— Votre sœur est-elle au courant ? lança tout à coup un des reporters.

— Pourquoi êtes-vous toujours attirée par les hommes mariés ? s'écria un autre.

Elle se raidit, et passa devant eux, le regard fixe, le visage blême.

— Alexander King est-il amoureux de vous ? interrogea un troisième.

Cette fois, l'attaque était si cruelle qu'elle crut ne pas surmonter l'épreuve. Mais, bravant le regard narquois de ses poursuivants, elle accéléra le pas.

Par bonheur, ils la laissèrent partir sans insister…

Une fois devant le luxueux immeuble de Kim, elle jeta un coup d'œil autour d'elle. Ils n'étaient pas encore là, constata-t-elle, momentanément soulagée. Mais ce n'était que partie remise, elle le savait.

Le portier la salua du regard et vérifia son identité.

— Allez-y, mademoiselle, dit-il.

Elle appela l'ascenseur. Au bout de quelques secondes, la porte s'ouvrit, un homme sortit de la cabine et Olivia crut que son sang se figeait dans ses veines quand elle reconnut son père…

Sous le choc, elle recula d'un pas.

— Tu veux t'enfuir, c'est ça ? lança son père d'un ton cynique. C'est tout ce que tu sais faire ! Tu es aussi lâche que ta mère, ma pauvre fille !

Sa voix était chargée d'un tel mépris qu'Olivia chancela comme s'il l'avait frappée. Mais un dernier réflexe d'orgueil la fit réagir et elle se força à lui faire face.

Il avait comme toujours l'allure d'un notable bien sous tous rapports, avec son costume gris clair croisé, sa cravate de soie, ses boutons de manchettes en or. Ses cheveux déjà blancs étaient parfaitement coiffés, et il arborait son habituel petit sourire satisfait.

On lui aurait donné le bon Dieu sans confession, se dit-elle avec une rage sourde.

Personne ne pouvait se douter de sa perversité, de son pouvoir de manipulation, de la jouissance qu'il éprouvait à maltraiter les siens.

Mais elle, qui avait toujours été sa cible privilégiée, savait…

— Bonjour, articula-t-elle avec difficulté, je…

Il la coupa d'un geste.

— Tais-toi. Tu as séduit le mari de ta sœur, et tu vas sûrement essayer de m'expliquer que ce n'est pas ta faute. Tu es une traînée, Olivia ! D'abord Jacques, ensuite Alexander ! Tu n'as aucune moralité ! Pas étonnant que tu aies eu le contrat LifeStyle, tu as dû coucher avec qui il fallait…

Elle blêmit sous l'insulte.

— C'est faux. J'ai eu ce contrat parce que j'ai travaillé ! protesta-t-elle d'une voix étranglée.

Il eut un affreux ricanement.

— Allons, Olivia, tout le monde sait que tu es une bonne à rien, que tu n'as jamais su faire autre chose que te jeter dans les bras du premier venu, au mépris de toute bienséance, de toute morale !

Elle faillit s'effondrer, mais soudain les paroles d'Alexander lui revinrent à la mémoire. Elle devait croire en elle-même, se battre pour s'imposer et changer l'opinion qu'on avait d'elle ! Se taire, c'était abdiquer devant ceux qui l'attaquaient en colportant des rumeurs sur son compte.

— Tu as toujours tout fait pour me dénigrer, me rabaisser, et je suis fière de ce que je suis devenue malgré toi, fière d'avoir eu ce contrat ! rétorqua-t-elle avec force. Sans avoir couché avec personne, ne t'en déplaise. Cette fois, tu ne réussiras pas à m'humilier, à me culpabiliser, comme tu l'as fait avec maman !

Décontenancé, John Stanton eut du mal à dissimuler sa surprise. Pour la première fois, sa fille lui tenait tête, et il était pris de court.

— Ma pauvre Olivia, tu t'illusionnes ! soupira-t-il enfin avec condescendance. Kim va couper les ponts avec toi, Alexander te jettera comme une vieille chaussette dès qu'il se sera fatigué de toi, et tu auras tout perdu… Tu l'auras bien mérité, et…

Cette fois, ce fut elle qui l'interrompit.

— Tu te trompes, coupa-t-elle d'un ton rageur. Tu vois le mal partout ! Tu n'es qu'un pervers narcissique, et c'est toi qui fais le vide autour de toi ! Tu as tellement harcelé maman que tu l'as fait fuir et tu as tout fait pour me convaincre que je ne valais rien ! Quant à Kim, tu lui as imposé une telle pression qu'elle a fini par se persuader qu'elle devait atteindre la perfection en tout, sous peine de rater sa vie. Tu es un homme malade dont le seul plaisir est de rabaisser les autres.

Elle se redressa de toute sa hauteur et le fixa d'un regard farouche.

— J'espère ne plus jamais te voir, dit-elle.

Puis elle appuya sur le bouton de l'ascenseur et pénétra sans un mot dans la cabine, un léger sourire aux lèvres.

Elle venait de vivre un affrontement extrêmement pénible, mais elle éprouvait une grande fierté, un intense soulagement : elle avait tenu tête à son père.

Après toutes ces années de silence, elle lui avait enfin dit ce qu'elle pensait de lui.

Elle avait l'impression merveilleusement libératrice qu'on venait de lui enlever le poids qui l'oppressait depuis toujours...

C'était comme si, d'un coup, elle était devenue une adulte qui, tout en assumant ses faiblesses, osait désormais se regarder en face sans rougir...

14.

La photo datait déjà de quelques années, mais on la reconnaissait parfaitement. C'était l'époque où elle s'affichait dans des émissions de télé-réalité avec des stars de seconde zone, et les critiques ne l'avaient pas épargnée.

Alexander regarda l'écran, et écouta d'une oreille le commentaire qui tournait en boucle sur les chaînes d'info, à la rubrique people : non contente d'avoir brûlé la chandelle par les deux bouts, depuis que son père l'avait chassée du domicile familial, de s'être amourachée d'hommes mariés, la scandaleuse Olivia Stanton avait à présent jeté son dévolu sur l'époux de sa sœur jumelle !

Les journalistes s'en donnaient à cœur joie, fustigeant son absence de sens moral, sa malhonnêteté, sa vénalité, affirmant que son projet de campagne publicitaire avait été retenu par LifeStyle pour la seule et unique raison qu'elle s'était offerte aux plus hauts dirigeants de la société.

Il éteignit la télévision d'une main tremblante, rongé par le remords.

Après avoir quitté son appartement, il avait cherché à joindre Olivia quand il avait réalisé l'ampleur du scandale, sans résultat. Bien sûr, les journalistes s'étaient fait un malin plaisir de rappeler sa propre histoire, son enfance malmenée entre deux comédiens vedettes seulement préoccupés d'eux-mêmes, le conflit sanglant qui les opposait pour la garde d'Emily, mais c'est Olivia qui était désignée à la vindicte populaire.

Elle était la seule coupable, la mauvaise femme, celle qu'autrefois on aurait clouée au pilori…

Il serra les poings, empli d'une rage impuissante.

Comment réparer une telle injustice ? Olivia avait été avant tout une victime dans cette affaire : elle n'avait accepté de se prêter à la supercherie imposée par Kim que pour lui rendre service.

Et il l'avait laissée en plan, à la merci des journalistes, lâche et inconscient qu'il était, sans même se rendre compte qu'ils ne feraient d'elle qu'une bouchée !

Lui se tirerait forcément de cette histoire nauséabonde : il avait la puissance, l'argent, l'aura. Elle n'avait rien. Elle était seule, en dehors de Kim. Et sa carrière de publicitaire qui démarrait sous les meilleurs auspices, car elle avait un réel talent, s'arrêterait net.

Quel employeur pourrait faire confiance à une femme soupçonnée de coucher pour obtenir un contrat ?

Il se dirigea vers la fenêtre et regarda le ciel de New York, aussi gris et sombre que son humeur…

Olivia était la meilleure chose qui lui soit arrivée dans la vie et il avait tout gâché, par manque de courage et de lucidité, réalisa-t-il tout à coup.

Une terreur sourde le saisit à l'idée qu'il était peut-être déjà trop tard, qu'elle ne pourrait plus jamais lui faire confiance. Elle était la seule à avoir deviné, derrière l'image de l'homme froid et insensible qu'il offrait, son besoin d'amour et son incapacité à l'exprimer. Elle s'était obstinée, courageuse et déterminée, mais il n'avait rien voulu entendre, persuadé que dévoiler ses émotions était une preuve de faiblesse.

Probablement avait-elle jeté l'éponge, désormais convaincue qu'elle s'était trompée, qu'il était en effet incapable de laisser parler son cœur, d'admettre qu'il était aussi un être vulnérable, fragile, et que cette fragilité, loin de le diminuer, était en réalité une richesse.

Comment allait-il sans vivre sans elle, alors qu'il avait besoin d'elle comme de l'air pour respirer, de l'eau pour étancher sa soif ?

Tout à coup la porte s'ouvrit, interrompant ses sombres réflexions. Carlos entra, la mine grave, suivi d'Isabella, plus glamour que jamais dans un tailleur bleu clair et des escarpins à hauts talons.

Alexander serra les lèvres, prêt à en découdre. Il avait toujours su que cette confrontation aurait lieu un jour ou l'autre, mais il la redoutait.

— Bonjour, Isabella, commença-t-il d'une voix tendue. Nicolas n'est pas là ? Tant mieux ! Ainsi, pourrons-nous peut-être avoir une conversation sereine… Que me vaut cette visite ? Le plaisir de me voir à terre ? enchaîna-t-il avec une ironie amère.

— A terre ? reprit-elle d'un air interrogateur.

— Tu dois savoir que j'ai quelques problèmes en ce moment, et c'est un euphémisme… Dis-moi pourquoi tu es là, et finissons-en…

Isabella s'assit dans un fauteuil en cuir sans y avoir été invitée et regarda longuement son fils.

— Je ne suis pas ton ennemie, Alex, murmura-t-elle.

Il nota avec surprise le ton grave de sa voix, ses traits tendus.

— D'abord, sache que je n'ai pas l'intention de te poursuivre en justice, reprit-elle. Je souhaiterais juste que nos rapports s'apaisent, que je retrouve enfin les enfants que j'ai abandonnés autrefois, je le sais et je ne me cherche pas d'excuse.

Alexander accusa le coup. Jamais sa mère ne s'était exprimée ainsi.

— Tu ne m'attaques pas en justice ? répéta-t-il, méfiant.

— Non, j'ai changé d'avis. En fait, c'est Olivia qui m'a ouvert les yeux… Nous avons beaucoup parlé, et…

— Olivia ? s'écria-t-il, les yeux brillants. Où est-elle ?

— C'est Carlos qui l'a amenée chez moi.

Alexander se tourna vers Carlos.

— Comment ? Je croyais que tu avais perdu sa trace !

— Je vous ai menti, avoua Carlos. Pour la première fois depuis toutes ces années. Elle m'a interdit de vous avertir.

— Olivia m'a convaincue de renouer le dialogue avec toi, renchérit Isabella. Grâce à elle, j'ai compris que je me fourvoyais dans ce combat perpétuel. J'ai eu des torts, Alex, de grands torts, et je veux les réparer. Mais il faut que tu acceptes de m'écouter, de te remettre en question toi aussi. Si tu continues ainsi, tu risques de passer à côté du bonheur, j'en ai peur. Olivia est une fille merveilleuse, et tu es en train de tout gâcher… Elle est mise au ban de la société, comment peux-tu la laisser tomber toi aussi, alors que tu sais que tout ce qu'on dit sur elle est faux ?

Un silence lourd s'instaura dans la pièce.

Alexander, le visage défait, semblait changé en statue, Carlos regardait ses chaussures, mal à l'aise, et Isabella fixait son fils avec une douloureuse intensité.

Isabella avait raison.

Par sa faute, Olivia avait été jetée en pâture, vilipendée, insultée. Il devait intervenir, et vite…

Il prit son téléphone portable et appela Kim.

Puis il eut un court entretien avec Carlos auquel il donna ses instructions.

Il s'apprêtait à quitter la pièce quand sa mère se leva. Ses pensées étaient tellement centrées sur Olivia qu'il avait presque oublié sa présence.

— Es-tu d'accord pour que je voie Emily ? demanda-t-elle.

Son premier réflexe fut de dire non, comme il l'avait toujours fait depuis des années, mais il prit le temps de réfléchir.

Qu'aurait dit Olivia ? se demanda-t-il.

Elle l'aurait sans aucun doute encouragé à favoriser les relations entre la mère et la fille, l'aurait convaincu que le contact devait être rétabli, le dialogue réinstauré. Refuser, c'était trahir Olivia, l'abandonner une seconde fois, nier la beauté et la force de ce qui les liait peut-être encore.

— Oui, déclara-t-il d'une voix à peine audible. Mais seulement en ma présence.

Un sourire illumina le visage d'Isabella, lui conférant une incroyable douceur.

— Je compte sur toi pour que les choses se passent bien, ajouta-t-il, dissimulant son émotion.

Contre toute attente, il prenait le risque de donner sa chance à Isabella, pensa-t-il.

Et lui ? Olivia prendrait-elle le même risque avec lui ?

15.

La porte s'entrebâilla et Olivia ouvrit les yeux. Depuis trois jours qu'elle habitait chez Kim, cette dernière la surveillait comme le lait sur le feu…

— Kim…, marmonna-t-elle. Pourquoi ne me laisses-tu pas dormir ?

— Il est 11 heures, Olivia, je sais que tu ne dors pas, et Alexander affirme que c'est important !

Olivia tira la couette sur sa tête pour que Kim ne voie pas son visage. La seule mention d'Alexander la dévastait : elle avait tellement pleuré qu'elle n'avait plus de larmes.

— Il a juste dit que tu devais regarder les infos, ajouta Kim sans plus de précisions.

Sur ces paroles, elle alluma la télévision et s'éclipsa.

Intriguée, Olivia se redressa sur son séant et aperçut, stupéfaite, le visage d'Alexander en gros plan sur l'écran. Dans l'immense lobby de la tour King, il était entouré d'une meute de journalistes, que Carlos et une dizaine d'employés de sécurité semblaient avoir le plus grand mal à contenir.

Ses traits étaient tendus, ses yeux cernés, et une barbe de trois jours dessinait son menton.

Après avoir demandé le silence d'un geste de la main, il prit enfin la parole. En préambule, il annonça qu'il voulait rétablir la vérité en ce qui concernait Olivia Stanton. Puis il expliqua posément que tout était fini entre Kim et lui depuis longtemps, qu'Olivia était une personne respectueuse des autres qui n'avait rien à se reprocher. Il précisa que son succès professionnel n'était en aucune façon usurpé, car elle était tout simplement très talentueuse. Enfin, il conclut sa brève allocution, la voix crispée, en affirmant que c'est lui qui lui avait fait des avances. On ne pouvait rien reprocher à Olivia, pour laquelle il avait beaucoup d'estime, et il demandait qu'on la laisse en paix.

Puis il remercia les journalistes, éluda les questions et annonça que la conférence de presse était terminée. Dans un immense brouhaha, la journaliste en studio reprit l'antenne et passa à un autre sujet.

Hébétée, Olivia éteignit la télévision et resta un long moment prostrée sur son lit.

Elle aurait dû se réjouir, mais n'y parvenait pas.

Comment, en effet, n'aurait-elle pas vu dans cette prise de parole une manière pour Alexander de mettre un dernier point à leur histoire et de se dédouaner à la face du monde de ce qui était arrivé entre eux ?

Elle enfouit la tête dans les oreillers, avec le sentiment atroce que la vie ne valait pas la peine d'être vécue. Sans lui, plus rien n'avait de sens…

On frappa à la porte et elle se retourna, prête à demander à Kim de la laisser tranquille. Elle n'avait plus goût à rien, alors à quoi bon s'habiller, se lever, vivre tout simplement ?

En voyant Alexander pénétrer dans la pièce, Olivia eut le souffle coupé.

— Pourquoi ne réponds-tu pas à mes appels ? demanda-t-il d'une voix sourde.

Elle se redressa tant bien que mal, et sentit son regard se poser sur ses seins, libres sous le fin coton du T-shirt qui lui servait de chemise de nuit.

Une vague de chaleur l'envahit, mais elle parvint à se maîtriser. Elle ne devait pas penser à leurs caresses, à leurs baisers, à leur passion partagée. Tout cela était bel et bien terminé…

— Je ne voulais pas te parler, articula-t-elle avec

difficulté. Et je n'ai pas changé d'avis. Même si je te sais gré d'avoir donné cette conférence de presse.

Il la dévora des yeux.

— Je sais par Kim que tu as vécu un moment difficile il y a trois jours, que tu as été agressée à la fois par ton père et par les journalistes, reprit-il. Je suis désolé…

Elle lut alors sur son visage une telle empathie qu'elle céda au besoin de se confier.

— C'était affreux, balbutia-t-elle. D'abord cette horde d'inconnus qui me lançaient des horreurs, et ensuite mon père, toujours prêt à me rabaisser, à m'humilier. Mais pour la première fois de ma vie, je lui ai tenu tête, ajouta-t-elle après un silence. Et d'une certaine façon, ça m'a libérée. Comme si, tout à coup, j'avais récupéré ma dignité, ma légitimité !

Un sourire éclaira le visage d'Alexander et il posa la main sur la sienne.

— Tu es une femme merveilleuse, murmura-t-il avec une infinie douceur, et je ne laisserai plus jamais personne dire du mal de toi…

Ils échangèrent un long regard, et Olivia sentit un fol espoir l'envahir. Alexander était si tendre, tout à coup… S'il avait changé ? S'il réalisait que…

— Pourquoi es-tu ici ? demanda-t-elle dans un souffle.

Il hésita un instant.

— D'abord, je voulais te remercier de ce que tu as fait pour arranger les choses entre Isabella et moi, expliqua-t-il. Grâce à toi, pour la première fois, nous avons pu parler.

Son beau visage semblait apaisé, et elle comprit que quelque chose en lui s'était débloqué. Bouleversée, elle résista à l'envie de se serrer contre lui. Elle avait un tel besoin de retrouver sa chaleur, son odeur, de lui manifester sa tendresse ! Mais il ne fallait pas, pensa-t-elle. Il n'était venu que pour lui dire merci.

— Je ne l'ai pas fait pour elle, murmura-t-elle, le cœur battant à tout rompre. Je l'ai fait pour toi.

— Pourquoi ?

— Pour que tu acceptes d'être toi-même, au lieu de cacher tes émotions, de faire comme si rien ne t'atteignait jamais…

Ils échangèrent un long regard. Elle parlait de ses rapports avec Isabella, mais c'est à elle-même que, secrètement, elle pensait. Peut-être avaient-ils encore une chance ? se dit-elle tout à coup. Peut-être allait-il enfin accepter d'aimer, d'être aimé ?

Comme en réponse à ses questions, il l'attira à lui et la serra dans ses bras.

— J'ai autre chose à te dire, ajouta-t-il d'une voix étranglée. Quelque chose de bien plus important encore…

Il fit une pause et la dévisagea d'un regard brûlant de passion.

— Tu m'as ouvert les yeux, Olivia, reprit-il. Tu avais raison, et je l'ai compris trop tard. Je t'aime, plus que tout, et j'ose enfin te le dire aujourd'hui. Veux-tu encore de moi ? Peut-être ai-je tout gâché en te mentant, en me mentant à moi-même ?

Elle se lova contre lui, extatique. Elle n'arrivait pas encore à croire à son bonheur…

— Alexander, je t'aime de toute mon âme, de toutes mes forces ! s'exclama-t-elle, les larmes aux yeux. C'est un rêve ! Je croyais que jamais…

Il lui ferma la bouche d'un baiser.

— Ce n'est pas un rêve, Liv. Je veux que tu portes mes enfants, que tu sois ma femme aux yeux du monde. Je ne peux même pas envisager la vie sans toi. Veux-tu m'épouser ?

Pour toute réponse, elle posa la tête sur son épaule et ils restèrent un long moment enlacés, leurs cœurs battant à l'unisson. Plus rien ne comptait pour eux que la certitude d'avoir trouvé l'âme sœur. L'avenir était désormais porteur de mille promesses, de mille bonheurs, puisqu'ils ne se quitteraient plus…

Enfin, Olivia se dégagea et le dévisagea d'un air grave.

— Tu connais mon passé, Alexander, mes blessures…

fit-elle observer, en proie à une soudaine inquiétude. Es-tu sûr de toi ? Je ne suis pas parfaite, loin de là !

Il l'interrompit d'un éclat de rire.

— Je sais, et c'est justement ce que j'admire en toi ! Ton courage, ta détermination, ta capacité à rebondir. Toi comme moi, nous avons été façonnés par une histoire familiale douloureuse, mais ça ne nous a pas abattus, bien au contraire ! Nous allons être heureux, Liv, j'en prends l'engagement ! Avec toi, grâce à toi, je vais enfin vivre, aimer, partager !

— Je ne demande pas plus à l'existence que de rester toujours à tes côtés, murmura-t-elle en levant la tête pour lui offrir ses lèvres.

Et ils scellèrent par un long baiser passionné l'engagement de leurs vies tout entières…

Si vous avez apprécié *Quelques heures pour s'aimer*,
ne manquez pas le prochain roman de cette série
à paraître en décembre 2015
dans votre collection Azur.

Retrouvez en novembre, dans votre collection

Azur

Son irrésistible ennemi, de Caitlin Crews - N°3645
MARIAGE ARRANGÉ

« Un jour, tu finiras par m'épouser. » Dix ans plus tôt, Mattie a éclaté de rire en entendant cette folle prophétie. Epouser Nico Stathis, cet homme froid et arrogant qui ne semble exister que pour lui rappeler qu'elle n'est qu'une vaine petite héritière ? Jamais ! Mais aujourd'hui tant de choses ont changé... son père est mort et ce mariage est le seul moyen de sauver l'empire familial. Alors, Mattie épousera Nico. Même si cela signifie appartenir, corps et âme, à cet homme qu'elle hait de tout son cœur – et dont chaque regard éveille en elle un trouble qu'elle a passé sa vie à combattre...

L'héritier des Monterrato, d'Andie Brock - N°3546

Un enfant à eux... Lottie est sous le choc. Quand l'homme qui est encore son époux, malgré deux ans de séparation, l'a appelée à son chevet après un terrible accident de parachute, elle a accouru, bouleversée. Mais rien n'aurait pu la préparer à cette troublante proposition : Rafael veut qu'elle lui donne aujourd'hui l'héritier dont ils avaient rêvé ensemble. Comment ose-t-il lui faire cette odieuse demande alors qu'il n'a jamais fait le moindre effort pour sauver leur mariage ? Lottie est furieuse, blessée, mais elle sent bientôt se réveiller le puissant désir d'enfant que leur amour avait fait naître en elle...

Trompeuse séduction, de Cathy Williams - N°3647

Un moniteur de ski, lui ? Quand Lucas Romero se rend compte de la méprise de l'exquise jeune femme rousse qui vient de surgir dans le chalet qu'il possède à Courchevel, il est abasourdi, mais surtout amusé. Et très vite... il se prend au jeu. Milly est spontanée, pleine de charme, si différente des femmes qu'il rencontre habituellement. Quel mal y a-t-il à tirer profit de ce malentendu pour passer quelques jours – et surtout quelques nuits – avec elle ? Ensuite, chacun repartira de son côté et elle ne saura jamais qu'il lui a menti. Mais tandis que les jours passent, et que l'échéance se rapproche, Lucas comprend qu'il n'est pas encore prêt à laisser partir Milly...

HARLEQUIN
www.harlequin.fr

Tentation au paradis, de Nina Milne - N°3648
UNE NUIT AU BOUT DU MONDE

Pour offrir à sa jeune sœur la vie de famille à laquelle elle a droit, Olivia s'est fait la promesse de retrouver le père de la petite. Et, pour cela, un seul homme peut l'aider : l'énigmatique Adam Masterson. Mais le célèbre milliardaire a une condition, il exige qu'elle joue le rôle de sa dernière conquête, un moyen pour lui de se débarrasser de sa horde d'admiratrices. Scandalisée, Olivia sait pourtant qu'elle n'a pas le choix. Alors elle se jure de ne faire que le strict minimum. Ce qu'elle n'avait pas prévu, c'est que sa quête le conduirait jusqu'en Thaïlande. Entre les plages de sable blanc et les couchers de soleil flamboyants, comment résister au trouble que le regard brûlant d'Adam éveille en elle ?

A la merci du milliardaire russe, de Dani Collins - N°3649

Cent mille livres contre une nuit de passion ? Claire sent un mélange de honte et de colère l'envahir. Pour qui la prend Aleksy Dmitriev pour oser lui faire une telle proposition ? Bien sûr, elle a plus que jamais besoin de cet argent – puisque ce même Aleksy vient de détruire sa vie –, mais, si cet odieux milliardaire pense pouvoir acheter ses faveurs, il se trompe lourdement ! Et elle va le lui dire. Sauf que, sous le regard brûlant d'Aleksy, Claire sent malgré elle une fièvre inconnue s'emparer de tout son être. Pour une nuit, une seule, peut-elle céder au désir que lui inspire cet homme qui ne voit en elle qu'une vulgaire croqueuse de diamants ?

En proie au désir, d'Emma Darcy - N°3650

Ethan Cartwright. Un nom qui représente tout ce que Daisy déteste. Non seulement cet homme arrogant et sans scrupules est réputé pour avoir bâti sa richesse au détriment des petites gens, mais en plus elle hait ses manières de séducteur impénitent, si sûr qu'aucune femme ne peut lui résister. Aussi, quand il lui propose de travailler pour lui, le premier réflexe de Daisy est-il de refuser. Mais très vite, hélas, elle doit se rendre à l'évidence : elle a besoin de cet argent pour aider ses parents menacés de perdre leur maison. La mort dans l'âme, elle se résout donc à travailler au côté de cet homme magnétique – en se faisant la promesse de résister au trouble brûlant qu'il éveille en elle...

Une indomptable princesse, de Maisey Yates - N°3651
PRINCES DU DÉSERT

Le cheikh Ferran Bashar, souverain de Khadra. Depuis l'enfance, Samarah connaît le nom de son ennemi. L'homme qui a destitué sa famille du trône de Jahar, celui contre lequel elle prépare sa revanche. Mais le soir où elle pénètre dans la chambre du cheikh, prête à accomplir sa vengeance, rien ne se passe comme prévu, et il la désarme avec une scandaleuse facilité. A la merci de Ferran, Samarah est folle de colère. Mais ce n'est rien comparé au mélange d'émotions contradictoires qui l'envahit quand cet homme qu'elle hait de tout son cœur lui offre une troublante alternative : l'épouser ou finir sa vie en prison...

HARLEQUIN
www.harlequin.fr

Une fiancée pour le cheikh, de Lynne Graham - N°3652
INDOMPTABLES MILLIARDAIRES - 3ÈME VOLET

Jamais Zarif al-Rastani n'a oublié le jour où Ella Gilchrist, la femme à laquelle il avait offert son cœur, a froidement refusé sa demande en mariage. C'était trois ans plus tôt, et pourtant, malgré les beautés qui se succèdent dans sa vie – et dans son lit –, ce souvenir continue de le hanter. Alors, aujourd'hui qu'il la tient à sa merci, il compte bien en profiter. Il effacera la dette qu'a contractée le frère d'Ella à son égard, si cette dernière accepte de devenir son épouse pour un an. Après tout, il a besoin d'une reine à ses côtés. Et surtout il doit à tout prix se débarrasser une bonne fois pour toutes du désir qu'Ella n'a jamais cessé de lui inspirer...

Le secret de Nina, de Carole Mortimer - N°3653
FRÈRES & CÉLIBATAIRES - 2ÈME VOLET

Séduire les femmes, ça n'a jamais été un problème pour Rafe D'Angelo. D'habitude, elles se jettent même à son cou sans qu'il ait à faire le moindre effort. Mais, avec Nina Palitov, rien ne se passe comme d'habitude justement. Si la belle héritière est la femme la plus séduisante qu'il ait jamais rencontrée, elle est aussi la plus agaçante... et la plus mystérieuse. Pourquoi semble-t-elle chercher toutes les occasions de se disputer avec lui à propos de l'exposition de bijoux qu'ils doivent organiser ensemble ? Et, surtout, pourquoi est-elle si déterminée à fuir le désir qui vibre entre eux ? Nina a un secret, Rafe en est persuadé. Un secret qu'il est déterminé à découvrir, si c'est le seul moyen d'attirer la jeune femme dans son lit...

Un si troublant époux, d'Annie West - N°3654
L'HÉRITAGE DES CHATSFIELD - 7ÈME VOLET

Quand elle a rencontré Orsino Chatsfield, Poppy a cru vivre un conte de fées. Tout était magique, enchanteur, et elle s'est laissé emporter... jusqu'à épouser cet homme qu'elle connaissait si peu. Hélas, la réalité l'a bien vite rattrapée. Distant, froid, souvent absent, Orsino n'a jamais été un véritable mari pour elle. Le cœur brisé, elle a fui et tenté de refaire sa vie loin de lui. Aujourd'hui elle tient sa chance de reprendre sa liberté pour de bon. Orsino a accepté de divorcer ! Mais, avant cela, il exige qu'elle passe un mois avec lui. De longues semaines avec pour seule compagnie cet homme qui semble ne rien avoir perdu du pouvoir qu'il exerce sur son cœur...

Azur, un plaisir coupable (ou pas)
à s'offrir sans retenue

HARLEQUIN
www.harlequin.fr

Vous n'avez pas le temps de lire tous les
romans Harlequin ce mois-ci ?
**Découvrez les 4 meilleurs
avec notre sélection :**

[COUP DE
COEUR]

COUP DE COEUR

Venez découvrir
dès le 1er octobre 2015, la collection

**7,70 €
le volume**

*Avec la collection Hors-série, retrouvez tous les mois vos
thématiques préférées : séducteurs, orient, mariage,...*

*Des romans intenses qui vous captiveront du début à la fin.
Vivez l'aventure et la passion comme si vous y étiez !*

Une collection disponible dans vos points de vente habituels
ou sur www.harlequin.fr

OFFRE DE BIENVENUE

Vous avez aimé cette collection ? Vous aimerez sûrement
la collection Les Historiques ! Recevez gratuitement :

◆ 2 romans Les Historiques gratuits ◆
et 2 cadeaux surprise !

Une fois votre colis de bienvenue reçu, si vous souhaitez continuer à recevoir nos
romans Les Historiques, cela se fera automatiquement. Vous recevrez alors chaque
mois 2 romans inédits de cette collection au tarif unitaire de 6,95€ (Frais de port
France : 2,35€ - Frais de port Belgique : 4,35€).

➡ **ET AUSSI DES AVANTAGES EXCLUSIFS :**

➡ **LES BONNES RAISONS
DE S'ABONNER :**

Des cadeaux tout au long de l'année.

◆

Aucun engagement de durée
ni de minimum d'achat.

◆

Aucune adhésion à un club.

◆

Vos romans en avant-première.

◆

La livraison à domicile.

Des réductions sur vos romans par
le biais de nombreuses promotions.

◆

Des romans exclusivement réédités
notamment des sagas à succès.

◆

L'abonnement systématique et gratuit
à notre magazine d'actu ROMANCE.

◆

Des points fidélité échangeables
contre des livres ou des cadeaux.

➡ **REJOIGNEZ-NOUS VITE EN COMPLÉTANT ET EN NOUS RENVOYANT LE BULLETIN !**

✂ -

N° d'abonnée (si vous en avez un) ⊔⊔⊔⊔⊔⊔⊔⊔⊔

> HZSF02
> HZSFB2

Mme ☐ Mlle ☐ Nom : .... Prénom : ....

Adresse : ....

CP : ⊔⊔⊔⊔⊔ Ville : ....

Pays : .... Téléphone : ⊔⊔⊔⊔⊔⊔⊔⊔⊔⊔

E-mail : ....

Date de naissance : ⊔⊔ ⊔⊔ ⊔⊔⊔⊔

☐ Oui, je souhaite être tenue informée par e-mail de l'actualité d'Harlequin.

☐ Oui ....ouhaite bénéficier par e-mail des offres promotionnelles des partenaires d'Harlequin.

....cette page à : **Service Lectrices Harlequin – BP 20008 – 59718 Lille Cedex 9 - France**

HARLEQUIN

La romance sur tous les tons

Toutes nos actualités et exclusivités
sont sur notre site internet.

E-books, promotions, avis des lectrices,
lecture en ligne gratuite, infos sur
les auteurs, jeux-concours… et bien
d'autres surprises !

Rendez-vous sur
www.harlequin.fr

facebook.com/LesEditionsHarlequin

twitter.com/harlequinfrance

pinterest.com/harlequinfrance

HARLEQUIN
www.harlequin.fr

Composé et édité par HARLEQUIN

Achevé d'imprimer en septembre 2015

BLACK PRINT

Barcelone

Dépôt légal : octobre 2015

Pour l'éditeur, le principe est d'utiliser des papiers
composés de fibres naturelles, renouvelables, recyclables,
et fabriquées à partir de bois issus de forêts qui adoptent
un système d'aménagement durable. En outre, l'éditeur attend
de ses fournisseurs de papier qu'ils s'inscrivent dans
une démarche de certification environnementale reconnue.

Imprimé en Espagne